ひまわりのように

大谷文子
OTANI Fumiko

文芸社

はじめに

２０２２年は、毎日新聞創立１５０年、沖縄本土復帰50年、あさま山荘事件（連合赤軍）から50年、日本人作家初のノーベル文学賞受賞者の川端康成の没後50年、私の毎日新聞「女の気持ち」への初投稿から55年目の節目になる。82歳、先が思いやられる年齢となって、今まで書いてきたものをまとめて、自分の人生を振り返るのもいいのではないかと思い立った。

友達から、「小説になるね」などと言われたこともある私の生い立ち。自殺ということも真剣に考えた23歳ごろの私は、これまでの自分の葬式を出そうと日記や手紙などをすべて焼いてしまった。そして真新しい自分となって生きていこうと思ったのであった。

そのころ私は、地元の紡績会社の研究室で勤務していた。24歳で結婚退職するとき、研究室の人たちは、送別会と結婚祝いということで、瀬田川の網舟に招待してくださった。皆で小舟に乗って舳先で漁師さんがパーッと網を広げて川に打つ。そうして捕ったもろこを船の中で、塩焼きやてんぷらにしてくれる。その美味しかったこと、飲むほどに酔うほどに、「幸せになりや」「幸せになりや」とかわるがわる何度も言ってくれたあの光景が今も目に浮かぶ。

結婚して自分の家族を持った、幸せな人生から始めたいと思う。だが、私のエッセーの中に、葬ったつもりの幼いころの思い出を書いているものがある。年を経てわかるようになること、年を経て書けるようになることもあるのだと思う。

第二次世界大戦勃発の年、生まれて40日目に父が亡くなり、6年間の戦中に乳幼児期を過ごし、敗戦の貧しさの中、近くの図書館に通って本を読めた少女時代、空想の世界で遊べたことが私の救いであったと思う。

生きていてよかった。流した汗も涙も今ではみんな輝いて見える。これといって何もできなかった平凡な人生ではあるが、一生懸命に生きたこと、自分で自分をほめてやりたい。

春の小径（F20号　アクリル）

ひまわりのように　目次

趣味を楽しむ……70代の私――209

幸せの日々……80代を生きる

結婚、子育ての頃

伯母の手作り（Ｆ８号　水彩）

昭和38年、結婚した私たちは、4畳半ひと間、共同炊事場のアパートで、新婚生活を始めた。麻雀や飲み会の接待で、胃を悪くした夫は、会社勤めをやめて、新しくできた大学に転職。給料も安かったので、私は近くの町役場に就職した。

新婚旅行（美ヶ原・霧ヶ峰の登山）の土産を持って、仲人さんの家に伺った11月22日、アメリカのケネディ大統領が暗殺されたニュースをテレビで見た。ケネディの就任演説に感動し、ファーストレディのジャクリーン夫人にあこがれを抱いていた私たちは、これからのアメリカや世界のことが不安になり、残念でならなかった。

昭和39年、東京オリンピックが開催された。洗濯機、冷蔵庫はボーナスのたびに買い揃えていったが、まだ、テレビを買う余裕はなかった。だが、夫の職場の同僚が、中古の白黒テレビを持ってきて取り付けてくれた。ちょうど、オリンピックをきっかけにカラーテレビが普及し始めたが、19型カラーテレビが20万円、給料が1万3千円の頃であった。

だが、この頃は、高度経済成長期、池田内閣の所得倍増計画も軌道に乗ってきているようであった。私たちも思い切ってその波に乗ろうと決めた。子どもが生まれることもあり、夫の実家の援助も受けて、庭のある家を買うことにしたのだ。新興住宅地があちこちにでき始めた頃でもあった。

昭和41年、出産と同時に私は仕事をやめた。職場では、子どもを保育所に預けて働くようにとのアドバイスも受けたが、体重38キロの私にはとても体力に自信がなかった。ローンの返済もあり、とにかく夫に元気で働いてもらわなくてはと、私は、雑誌『栄養と料理』を読みながらおいしい料理を工夫した。子どもの服も夫や私の古着を工夫してリサイクル。刺しゅうやアップリケをするのも楽しかった。早めにおむつをとり、頂き物のタオルで何枚ものパンツを縫った。独身時代に習っていた洋裁が役にたった。

次女が私のお腹で6か月のころ、夫は1か月ほど入院し、胃の手術を受けたが、元気になると、裏庭に小さな家庭菜園を作り、表庭には芝生を植え、池も造ってくれた。私は花を植えた。夫はまた、子どもの成長とともに小さな砂場や鉄棒を作ってくれた。犬はもちろん、金魚やコイ、ジュウシマツやセキセイインコ、ニワトリ、チャボも飼っていた。チャボの卵はおいしかった。ある日のこと、買い物から帰ってくると、犬のポリーが鳥小屋に入って出られなくなって鳴いていた、口元には卵の黄身がべったり。忘れられない光景である。高度経済成長で、夫の給料も少しずつ上がってきたが、農薬、食品添加物、光化学スモッグなどの公害が問題になってきた頃であった。

次女が少し歩き始めると、山好きの夫の計画で私たちはよくハイキングや山登りに出かけた。明日香、山の辺の道、二上山、葛城山、またすぐ近くの小さな山でもお弁当を持って出かけた。春は蕨や虎杖《いたどり》をとったり芹を摘んだり、秋には、椎の実や、かやの実を見つけたりした。また栗を拾っていたおばあちゃんが、珍しそうに見ている娘たちに沢山の栗をくれたこともあった。冬は、ス

キーに出かけた。今のように良いスキー用具もない時代、子どもたちは雪だるまを作ったり雪合戦をしたりして遊んでいるほうが楽しそうであったが、大きくなるにつれてスキーを楽しみ、冬休みはスキー場でアルバイトをするほどになった。

近所には子育て仲間（今でいう「ママ友」）ができ、庭で子どもたちを遊ばせながら、一緒に内職をしたこともある。お互いに核家族の私たちは、子育てについて話し合ったり、用事のある時はお互いに子どもを預けあったりした。

育児書はもとより、松田道雄先生の『私は二歳』や羽仁もと子さんの『おさなごを発見せよ』『叱らない教育の実践』『手作りおやつ』『赤ちゃんの服』『子どもの服』などが私の育児の参考書であった。『羽仁もと子案家計簿』『羽仁もと子育児日記』をつけ、『婦人の友』を愛読していた。そして、自由学園幼児生活団の通信教育で親子共に楽しみながら生活習慣を身につけさせてもらった。

そして、向学心を捨てきれなかった私は、子育ての参考にもなるだろうと、大学の通信教育で幼児教育の勉強を始めたのであった。そのうえ、毎日新聞の「女の気持ち」欄への投稿がきっかけで、「女の気持ちペングループ」に入会し、文章を書いたり例会に出席したり、「はがき童話の会」や「新月」の短歌の会にも子ども連れで参加した。そんな私を、夫は応援し協力してくれたことに感謝している。

結婚して二人の子どもに恵まれ子育てをしていたこのころは私の人生の中で最も希望に満ちた幸せな時であったと、今思う。

ひとりで迎えたお正月

目が覚めると、しとしとと雨の音。いつものように首を曲げた右と左には夫も娘の姿もない。昨夜からの空虚感が再び私を襲う。ことしの元日があけたのである。ひとりでお雑煮を作って食べながら、しきりと娘の顔がまぶたに浮かぶ。いまごろ泣いていないだろうか。パパやおばあちゃんを困らせていないだろうか。

バスに乗って七時間余りもかかる夫の郷里で親子三人そろって迎えるはずだったことしのお正月、どうやら私のおなかに二人目が宿ったと気づいて、私は留守番となった。とてもパパ好きな娘だから、ママがいなくても大丈夫と、リュックにオムツをいっぱいつめて、夫は三年ぶりの郷里をなつかしみつつ出かけていった。気楽でいいわ、久しぶりにゆっくりさせてもらえる——といっていた私であったが、迎えたお正月がこんなにわびしいものとは想像もしなかった。

昨年のお正月は、いつうまれるかしれない大きなお腹をかかえて、来客の接待に忙しかった。一昨年は、義妹の縁談に親代わりとなって夫と二人で出かけたっけ。その前の年は結婚して初めてのお正月、いなかの夫の郷里でかしこまって親せきへあいさつまわり。そしてその前は、ＢＧ時代、きれいに髪を結い、着飾って会社の互礼会に出席したっけ……来年のお正月にはきっと、二人のママになっていることだろう。ヒビとシモヤケに荒れた両手をながめながら、重ねられてゆく自分の年輪を思う。

様々な人々が様々な気持ちでお正月を迎えている中で、こんなに静かに自分をみつめるゆとりのある時をもっと大切にしなければと思う。そして、ことしこそ、ことしこそと祈りたくなる物価の安定やベトナムの平和を思いつつ、またことしも元気な赤ちゃんをうみたいと久しぶりの日記帳に心新たに向かった。

毎日新聞「女の気持ち」１９６７・１・７（27歳）

育児日記より
田舎のおじいちゃん、おばあちゃんがかわいい孫を見て喜んでくれるだろうと、パパは、おむつ持参で懐かしい郷里の熊野でお正月を迎えることにした。パパの弟も大きなおなかの奥さんを残して帰郷。抱っこ役やおむつ担ぎをしてくれた。バスの中でもとても機嫌よく、ママがいなくても平気だったそうである。でも、何をするにもパパでなくてはだめなので、すっかりお守りばかりさせられてしまったと、嬉しそうに愚痴をこぼしている。

ママは、妹か弟が生まれるのではないかと思って留守番をしていたけれど思い違いだった。

ある青年の向学心

昨夜、夫が突然、客をつれて帰宅した。いとこの子とのことで、郷里を早くから離れている夫は、彼の幼いころしか知らないという。なつかしい郷里の話に花が咲き、村全体が家族であるかのような田舎の人々の人間関係は、聞く私にもほのぼのとした温かみを感じさせる。

私が感心したのは、彼が中学校を出て就職してから五年後に彼の弟と一緒に高校へ進学し、この春の卒業式を待っているということである。中卒で就職していると、あとから高卒、大卒の人たちに何かにつけて追抜かれることになるし、その人たちと話をしても何かと劣等感をいだく自分を、これではいけないと思って勉強をはじめ、とにかく一生懸命勉強したという。もちろん、学費はほとんどアルバイトでまかなったそうである。だから、卒業は感ひとしおのものがあると本当にうれしさをかくしきれない表情で、こんどは夜間大学へ進学するのだと張り切っていた。

私は、父の急死によって高校進学をあきらめねばならなくなり、働きながら定時制へ通ったのであるが、大学進学は思いのほか簡単にあきらめてしまった。いま結婚、育児と小さなしあわせに埋もれている自分を発見する時、喜びと共に何か満たされない一点が心に空間を作り、それが大学進学をあきらめた当時のことを思い出させて、意志の弱かった自分がくやしくなるのである。

ところが、先日来、毎日新聞の家庭欄に、家事育児のかたわら短大に通った主婦や、三年間働いて学費をためて大学に進学した女性が紹介されて、私も――と再びいきまいていたとき、彼の訪問は本当に、うれしかった。

毎日新聞「女の気持ち」1968・3・15（28歳）

〃近くの他人〃も大切に

先日「近ごろの奥さん気質」を読んでア然とした。「夕陽ヵ丘三号館」は小説の中だけではなかったのかと――。いま私のまわりを見わたしてみると、私の住んでいる所は五、六年前に造成された住宅地だが、いつの間にか幼児を持つ近くの母親同士、気楽なお付き合いができるようになっている。それぞれみな核家族なので、お互いに用事のある時は子どもたちを預けたり、預かったりして外出。病気で寝ていると「買い物は？」とたずねに寄ってくれる。外出して、うっかり子どもが幼稚園から帰るのに間に合わないときも、どこかで面倒をみてくれている。私たちはだれの子であろうと悪いときは遠慮なくしかるので、子どもたちにとっても〃準ママ〃が大勢いるようなもの。

井戸端会議が長びく時もあるけれど、子どもたちのことで困ったことがあれば何でも相談できるし、亭主の悪口をいい合ったり、けしかけたりしているうちに胸の中がさっぱりして、夜帰宅するご亭主をにこやかに迎えられるというもの。夕陽ヵ丘三号館※のような奥さん気質はごめんである。ウーマン・リブの叫ばれている今日、胸を開いて語り合おうではありませんか。もっともっと大切なことを！

毎日新聞「女の気持ち」1970・12・2（31歳）

※「夕陽ヵ丘三号館」は、1970・4～12 毎日新聞の連載小説（有吉佐和子著）商社の社員団地が舞台で、その住民、30代前半の登場人物の日常の生活がリアルに描かれている。1971・10～1972・3まで、TBSテレビドラマ（八千草薫主演）放映。

子どもの成長に思う

つい先日まで私の背中で哺乳びんをくわえながらウトウトしていた次女が、その頃からおなじみの愛の園幼稚園でお世話になって九カ月……おどろくほどたくましく成長したわが子にうれし涙をかくしおおせない親バカの私である。

男の子？　との期待を裏切って四キロもの体重で産声をあげた次女は、やせっぽちの私の乳房からぐいぐいと栄養を吸いあげ心配するほどよく眠り、長女にくらべると全く、手のかからない子であった。それを良いことにして私は母親として最小限の世話しか次女にはしてこなかったように思う。

育児書と首っぴきで育てた長女には、母としての期待も大きく、やさしい思いやりのある美しい子になってほしいとの願いのあまり、私は意識して美しいもの、やさしいものに子どもの目を向けさせるようにしていた。

まだ口もきけない赤ん坊の頃から花や蝶をみせては、「きれいねえ！」というほどに——。

そのためか、長女がマンマ、ワンワン、ニャーニャーなどのあとに覚えた最初の言葉が「キエイネエー」であった。「きたない」と「きらい」という言葉を私はあまり好きでない。そのかわりに「きれいでない」「好きでない」という方がいわれたものへのひびき方がちがうと思う。だからそういう言葉はあまり覚えさせたくないとさえ思ったのである。

ところが、次女が、別に意識して教えたわけでもないのに言葉らしいものを話すようになるとすぐに覚えた言葉は「アンブンコ（半分こ）」と「ジュンバン（順番）」であった。生まれた時から姉がいる次女は、分かち合うということを当然のことのように身をもって学んでいたのである。

もう一つ、私の育児で気にかかることがある。それは、長女に対しては、「自立心を養わねば――」との気負いもあり、又、「お姉ちゃんだから――」ということで、あまり甘やかしてはいけないと、つき放すことが多かった。ところがどうしたわけか、次女はいつまでも赤ちゃんのような気で受け入れてきた。私の受け入れ態勢がそのように違ったのは長女は知能の発達が早かったが次女は遅かったからということもいえる。長女は二、三歳の頃から、私の歌う童謡などもよく覚えて歌ったし、文字を覚えるのも早かった。もちろん、口の方も達者であったし、自我が強く、可愛い気のある甘え方などしなかったようにも思う。次女はというと、つい姉と比較して、「この子は歌も覚えない」と少々心配したくらいであった。

それが今では幼稚園で次々と新しい歌を覚えてきて、楽しそうに歌って聞かせてくれる。いつかまり子先生に「幼稚園へ来て、びっくりするほどよく歌を覚えてきます」といったら、「先生がほんとに楽しんで歌うから子どもたちが覚えるのよ」といわれ、なるほどと思ったものであるが、先生やお友だちと楽しく歌っていればいつの間にか覚えてしまう――ということは、幼児の教育の中で重要な意味を持つと思う。それに、次女が「半分こ」と「順番」を早くから覚えたことも考え合わせれば、幼児にとって幼児の集団がいかに大切かに思いあたる。

今、長女は柿の皮むきに夢中であり、次女はひらがなを書くのに興味シンシンである。教え魔の姉から、時にはやさしく、時にはヒステリックな忠告を受けつつ「こんなに書けるようになったよ」と喜び、「昨日より長く柿の皮むきができた」と見せにくる子どもたちの瞳の輝きをこのうえなくすばらしいと思う。

失敗と反省だらけの母親のもとでもすくすくと成長していく子どもたちを見ていると、目に見えない偉大な力に手を合わせたくなる。子どもたちの無限の可能性を信じ、自然にさからうことなく、母としての最小限の見守りをしていくことこそ、育児にとって大切なのではなかろうかとこのごろしみじみ思うのである。


「愛の泉」※11号　1973・12（34歳）

※「愛の泉」は、娘たちの通っていた愛の園幼稚園（西大和キリスト教会内）の母の会の機関紙である。二人の娘がこの園でお世話になり、私も、人形劇クラブや短歌の会に参加し、1969〜1973年の間、親子共に園生活を楽しむことができた。

迷いつつ……

初夏の太陽が間もなく頭上にくるころ、ようやく洗濯物を干し終えて、さっきからぐずり出している次女を背負い体をゆすりながら編みかけのセーターを編む。

そのうち、背中で寝息をたてはじめた娘をそっと寝かせ軽くなった肩でホッと一息つくと、さて、何から手をつけようかと思う。

欲ばりの私は、あれもこれもと何でもやってみたくて、このごろでは少し手を広げすぎた感があり、何かに追いたてられているような毎日である。昨日もまた、「おむつをかえながら歌ったっていいじゃないの」とさそわれると、その気になって長女の幼稚園へ短歌の会に出かけていったのである。詩心というものを失って、すさんでいく自分の気持ちを淋しく思っていた矢先、歌を作ろうと決心する機会を与えてくれた会であった。そう決心すると今まで何気なく見すごしていたものもふしぎなほど新たな感動を与えてくれる。母親に付き合わされた娘たちはちょっとかわいそうかなという気もしないではなかったが、彼女たちは彼女たちなりに広い遊び場での友人との遊びを楽しんでいてくれたようで救われた気がした。

育児に役立てようと思ってはじめた「保育」の通信教育はテキストがどんどんふえていくばかりで、いっこうにはかどらない。

娘がピアノを習いはじめるころになって、私もと、ドレミのドからはじめたバイエルの独習も次第にもたついてきた。

ペングループに入会しているもののなかなか原稿が書けなくてその上、会費の督促まで受ける始末。それでも奈良会の例会というと何かを得たくて、また子どもを連れてあたふたと家を出る私である。絶えず向上することこそ生きている証拠だと思う私の考えは十代の娘のころから変わらないのだなと苦笑したくなる。

本も読みたいし、かといって自分の時間を作るために料理の手間を省いたり、洗濯物をためたりはできない私なのである。本と首っぴきで目先の変わった料理を作ったり、安い材料を工夫しておいしく食べるようにするのも楽しいものだし、古着を更生して刺しゅうやアップリケをして子どもたちに着せるのも楽しくてたまらない。

けれどもまた、目から耳から不穏な社会情勢が伝わってくると、私のように、家事、育児、自己の向上などとばかりいっているのはあまりにも利己的ではないかと思われてくる。

そんな時、「婦人民主新聞」を読みはじめたら、私は今、一体何をすべきなのかと問いただしてみたくなったのである。妊娠三カ月でデモに参加して流産した人について、それはすでに母親として失格だとか、そんな状態でもデモに参加しなければならない社会情勢が問題だとか、それでも社会のため、人類のためにと願った彼女がけなげであるとか、説はいろいろであるけれど、今私は母親として育児にたずさわっている現状で、社会人として一体どう生きるべきなのか迷いつづけている。

会報79号　１９７０・７（31歳）

まめまき

「ねえ、まめまきしようよ。ねえー」と、幼稚園に通っている娘にねだられて、仕方なく重い腰をあげた豆まきであった。

こちらは、豆まきをしたところで物価は下がるわけでなし、福の神がころがり込んでくるとも思えないし……と、何事にもさめた大人の心境。

子どもたちが作ったお面をつけて「オニハーソト、フクハーウチ」と豆をなげつける。おおげさな身ぶり手ぶりで、童心にかえって鬼の真似をする夫。私も、この時とばかり豆をなげつける。キャー、キャー、ワァー、ワァーとにぎやかなひとときがすぎ、みんな汗をかくほどあたたまった。

「男は鬼、福の神は女ときめるのは、差別だ」と、いやおうなしに鬼の面をつけさせられた夫は、少々ごねたけれども、食べ物を投げつけるというふだんならとても許されないことを思いっきりやれるということは、たしかにストレス解消に役立ったようだ。日ごろ、子どもたちと一緒に遊ぶということも少ない忙しい生活の中に、昔々の人々から伝えられたこの行事は何とすばらしいレクリエーションであろうか。「来年は私が鬼になって夫に豆をなげさせてあげよう」と、ちょっとばかりやさしいことを考えている。

ひいらぎの枝に、いわしの頭をぶらさげて玄関にかざり、鬼が入ってこないようにするという。どんなに苦しい生活の中にも夢を持ち幸せを願う庶民の祈りがこめられているように思う。このように、昔から伝えられてきた行事をよくよくかみしめてみると、人々の生活の中で子どもの成長を願い、健康を願い、平和を願い、感謝し、祈った人々の素朴なあたたかい心が味わえることに気がついたのである。若い核家族の私たちは、そんなムダなこと――と、あらゆる迷信的な行事を排斥してきたのである。戌《いぬ》の日に腹帯をするということも、その発想は馬鹿げていても、安産を願い、祈った心を馬鹿にすることはできない。女の子二人を持ちながら、七五三もひなかざりもムダなことと決めていたけれど、子どもの成長を祈る今も昔も変わらぬ親の心に、ほのぼのとした感慨がわきあがる。

それにしても、私たちの祖先は何と童話的センスにあふれていたのだろうか。何ともギスギスした今の世の中で、失われつつある人の心の豊かさとあたたかさを先人たちは、これらの行事によって私たちに示してくれているのではなかろうか。

「みずぐき」1974・2・24（34歳）

秋晴れの日に

秋晴れの日曜日、友人たちと私たち親子四人、神野山へハイキングに出かけた。山には、まっ赤に熟れた木の実の数々、野菊、りんどう、つりがねにんじんなどの可憐な花が咲きみだれ、栗の実や、かやの実がこぼれ落ちていて、子どもたちはもちろん、私たち一行、いちいち歓声をあげながら歩いた。さわやかな秋空に心洗われた休日であった。

その時の話題のひとつは、こうして休日に山へ行ったり、ゴルフに行ったりした人が、疲れが出て翌日、仕事を休む――それはけしからんという説と、レジャーを楽しむために働いているのだからいいじゃないかという説とがあるということだった。

先日の「みずぐき」に、通勤電車の中の無表情で疲れきった父親の顔と、プールで子どもとたわむれる生き生きとした顔とを対比して書いておられたのを思い出す。

「働く」ということが、それ自体生きがいでなければと思う私の考えは、夫に言わせると「甘い甘い」。

ＮＨＫのテレビドラマ「花ぐるま」で、主人公が、子どもをかかえてアルサロ※で働く女のために、給料などどうでもよいと言って子守りをひきうけるのを見て「甘いなあ」という夫。「偉いなあ」と思う私。

「働く」ということは、何か人の役にたつことをすることだと思う。それが、人体に悪いとわかっている合成洗剤を生産したり、公害食品を生産したり、はては兵器生産に関係したりであるとすれば、働くことが恐ろしいことになる。

「働く」ということは、もっと厳しいもの。泥くさい、汗みどろの、生活のための戦いだ。世の中そんな美しくも甘くもない——と言う人たちに、私のように世の中、少しでも美しいと思わねば生きられない〝甘っちょ人間〟がいたっていいではないかと開き直りたくなった。あまりにも深い秋空の青さに。

「みずぐき」１９７４・10・27（35歳）

※「アルバイト・サロン」の略。主に関西で使われる呼び方で、専門のホステスではなく一般女性が酒や飲食などで接待する店。

「いつまでも若く」

留守番をしている娘たちを気づかいながら、急ぎ足で帰宅した私に二人の娘が声をそろえて「おめでとう！」と言う。

小三の妹の方は花束を差し出す。「お母さん、お誕生日でしょ」と言われて、はじめて自分の誕生日をすっかり忘れていたことに気づき、娘たちに思わぬ祝福をうけたことが面映ゆい。

小六の姉の方は、「お母さん、ちょっと台所へ来たらダメよ」と台所の戸を閉めて、何やらガタゴトやっている。

「これ、三百円で買ったの」という花束の菊の香りの中から「お誕生日おめでとう。おねえちゃんはホットケーキをつくるけど、私はつくれないからお花にしました。このお花かわいがってね」と色鉛筆できれいに絵も描いたカードが出てきて思わず娘を抱きしめた。

「どうぞ」という姉娘の声に台所へ行くと、バナナと甘夏ミカンを花びらのように飾ったホットケーキ、冷紅茶、紙ナプキンまでそえて、祝いの席が用意されていた。いつの間にこんなことが出来るようになっていたのだろう。一瞬、胸がグッとつまった。

「でも、お母さん、誕生日ももううれしくないでしょう。年とるばっかりやもんね」と憎らしいことを言うかと思えば「お母さん、いつまでも若くていてほしいな」と口をそろえていう。

そうは言われても…である。同年代の女たちが集まれば、きまって腰痛だの、乳ガン騒動だのの話。また、決まって「気持ちだけは若くいこうね」とうなずきあう。

〝…まだ知らないこと、やってないことがいっぱいある。母さんはがんばるよ。あなたたちもがんばってね…〟と娘たちの寝顔に呼びかけた。夜おそく、夏山登山中の夫からも「今日はナンカの日やったね」と遠まわしの電話があり、ほっと心身の疲れが吹き飛んだ三十八歳の誕生日であった。

「みずぐき」1977・10・10（38歳）

「一輪のナデシコ」

「お母さん！　お母さん！　ほら、こんな可哀そうな花。まだつぼみなのに折れて、道に落ちてたの」

かけ込むように、中二の娘が学校から帰ってきた。

見ると、うすもも色のナデシコの花一輪に小さなつぼみが一つ、折れ曲がって付いている。娘は、「生き返るかな」と言いながら、小さなコップに花を挿し、つぼみの部分も水切りしてプリンのカップに入れた。夕食の支度を手伝いながら何度か「息してるかな」と、心配そうにのぞき込んでいる。

次の日は、起きるなり「お母さん、ほら、息してる」と、うれしそうに見せにくる。

幼いときから花の好きな娘のこととて、さして気にも留めず、うなずいていた私であったが、それが今日、プリンのカップに生き生きと、うすもも色の花びらを精いっぱいに開いたナデシコを見て、すっかり感激してしまった。とにかく、健康で優しくと願って育ててきたのであるが、中学生ともなれば「テストの順位何番？」が気にかかり、「勉強しなさい——せめて○番までにはなるようにがんばりなさいよ——こんな成績で○○高校へ行けるの？」などと、思いもかけなかった言葉を次々と娘に投げかける母親になっていた私。今度はテストの成績が良かったと喜んでいるときも、「他の子も皆、良かったのよ」と聞いて、がっかりする母親に成り下がってしまっていた。

小さな一輪のナデシコは、そんな私を優しく諭しているように思えた。捨てられている一輪の花に思いを寄せ、小さな花の命をもいとおしむ娘に成長してくれた。それ以上、何を望むことがあろう。この小さな〝優しさ〟は、いつの日か大きな力となって娘を支えてくれるであろう。

小さいながらも命の限り、精いっぱい咲いているナデシコの花。娘よ！　どんなときも精いっぱい咲くことを大切にしていこうよね。

「みずぐき」1979・6・13（39歳）

短歌・童話

1970〜1972年の3年間であったが、娘たちの通う「愛の園幼稚園」での出会いがあり、『新月』に所属しておられる筒井先生に教えを受け、短歌の会に出席して、学んだ。ほんの初歩の短歌ではあるが、子育てをしている頃の私の感性が懐かしくて、『新月』から少し抜粋した。

童話は、はがき童話の欄や、町の広報に掲載されたものである。童話を作るのは好きで自分の創作の話を幼稚園の子どもたちによく聞かせたものだが、書いたものはあと数編残っているだけである。

✻短　歌

ひたすらに野花を摘める我子なれば野花のごとく育てと祈る

わが胸に頰をうずめて静かなる我子抱くとき心はなごむ

幼き日母とむきにしえんどうを我子とむきつつ母を想えり

一日を終えんと門を閉じしとき沈丁の香のはつか漂う

わが想い書きつくしたる夏の夜心は満ちて涼しかりけり

雨にぬれし蝶のむくろ冷え冷えと病める子思う我に迫りぬ

わが熱き思い出不意によみがえり落日は火の車輪となりぬ

梅漬けの紅しみじみと楽しみて女の幸をかみしむる我

さわさわと波打ちて鳴る夏草の真白きまでに陽光を受く

暗闇に生きる生きると書いてみる今日もせわしくただ疲れたり

わが生きる道はいずこと迷いつつミシン踏みゆくせかれるごとく

青空のつながる果てに戦闘機飛び交う空ありベトナム思う

死を知らぬ子は横たわる蝶を見てチョウチョ起きよと歌い踊れり

語り合いうなずき合うごとコスモスの花々揺れて友なつかしき

（１９７０・新月入会）（31歳）

忠告を聞かぬふりする娘の背になお繰り返す口のにがさよ

感情を抑えて来しに愛し子の幼きたわむれ声高に制す

すがる子を突き放しつつ我がいのち磨かんとする時の痛みよ

わが理想幼き吾子に求むるを気づきしときは背の寒々と

ふと開けし窓より夕月迫りきて凍てしわが胸ぬくもり来る

癒えぬ足見つめなでつつ一日を座したる母の肩つぼまりて

療養の母看とりつつ老いの日の哀しみを知るなすすべもなく

デージーの一つ咲きたりまぶしげに早春の陽を見上げるごとく

美しく装いたしとわけもなく思われる日は毛糸編みする

吾子が弾くメロディ愛し五月風吹き入る窓辺にしばしやすらう

田舎家の朽ちたる塀にひっそりとみやこわすれの紫深き

なんとなく犬の言葉を知るごとしわれの目を見て吠える子犬の

いらだちしわが心我娘に映りしか荒きこと云いわれに背を向く

輝ける瞳をもちて走り来る吾子見えしよりうつ憤の消ゆ

（1971・新月）（32歳）

わが善意くみとられずと思うときまたも孤独となりてゆくなり

神のみ手ふりほどきたる傲慢を気づきしときよ光さし来る

福音を学びし今朝はさざんかの真白き花に露しとどなり

用なきにかけきし母は受話器より元気かとのみ繰りかえすなり

園児らのはしやぐ声を遠まきに我子のことのみ思わるるなり

冬枯れの中よりすみれ見つけしとわが手を引きて駆けゆく我子は

笹舟をせがみて我子は三月の光の中をかけてゆくなり

小さき者に小さき花は語るらし陽春の小道吾子は飽くなき

山の辺の清き水辺の芹摘める背に陽春の靄やわらかし

わが手製のブラウス吾子に着せし日は我もいそいそ手をひきてゆく

吾を呼ぶ夫が背ごしに春草を踏みつつ歩むつぐみ見つけぬ
信うすきわれも五月の野をゆけば路辺の地蔵に子の幸祈る
童心にもどりて夫はふるさとの小川の魚を子と追い遊ぶ
露光る庭に採りきしピーマンの青きを刻む朝は満ちたり
草笛を吹きて吾子らが帰り来る入学間なきを案じつつ待つ

（１９７２・新月退会）（33歳）

✼はがき童話

「はがき童話」は、毎日新聞奈良版に「大和サロン」として「みずぐき」と共に掲載された。これは誰でも応募することができ、「はがき童話の会」も結成され、私も参加した。

りかちゃんのてがみ

「あら、もうちゃんとたんぽぽが咲いていたの？　かわいいたんぽぽね、ありがとう」おかあさんは、さもうれしそうにたんぽぽの、きいろいにおいをかぎながら、りかちゃんに「かぎ」をわたしました。りかちゃんは、おかあさんのおしごとのつくえの上に、きのうのおみやげのいぬふぐりと、そのまえの日のおみやげのはこべのちっちゃな花がヤクルトのびんにさしてあるのをみました。りかちゃんは小学一年生。学校からかえると、おしごとをしているおかあさんのところへ、まいにち「かぎ」をとりにきて、おうちでおるすばんをしているのです。

おうちへかえったりかちゃんは、すぐにテーブルの上をみました。ヨーグルトが二つ、みかんが二つ、カステラが二つ——これは、ほいくえんにいっているいもうとのあきちゃんがかえってからいっしょにいただくのです。

でも、きょうもやっぱりおかあさんのてがみはありません。はじめのころは、いつもおやつといっしょにおかあさんのてがみがおいてあったのに――。りかちゃんは、つまらなくなってランドセルをほっぽりだして、学校のふくをぬぎすてにしたまま、テレビのスイッチをいれました。どのチャンネルもなんだかわからないおとなの番組ばかりです。ますますつまらなくなったりかちゃんは、かみとえんぴつをもってきておかあさんにおてがみをかきはじめました。

「おかあさんのバカ。このごろすこしもおてがみをかいてくれないのね。りかちゃん、さみしいから、こんどからかいてね。こんどかいてなかったらりかちゃんおこるよ。だからきっとかいてね。ほんとよ。だいすきなおかあさんへ　りかより」

おかあさんのようにスラスラとはやくかこうとしたので、みみずのような字になってしまいました。つぎの日もランドセルをせおったりかちゃんは、スキップしながらおかあさんのところへ「かぎ」をとりにいきました。

手にはおみやげの小さな石ころをしっかりにぎっています。お日さまにあてるとキラキラかがやく美しい石をみつけたのです。

「大和サロン」１９７３・５・13（33歳）

みかんのはなし

いちろう君のおうちの前は、ずうっとむこうまでみかん園です。お父さんもお母さんもおいしいみかんをつくるのにとてもいそがしいのです。みかん園のみかんたちは、ギラギラと照りかがやく夏のお日さまのひかりを吸って、いっしょうけんめい、あまいあまい実をたくわえています。

もう夏も終わろうとするある日、みかんたちはたいへんなことを聞いてしまいました。いちろう君がともだちと、こんな話をしながらみかん園を通っていったのです。

「ことしはみかんが豊作で、半分以上は海へ捨ててしまうらしいよ」

みかんたちは、おどろいたのなんのって……。

「ボクたちを海へ捨てるだって！」

「こんなにいっしょうけんめいお日さまのひかりを吸ったのに」

「こんなにあまくなったのに」

「ビタミンCもいっぱいだよ」

そのうち、

「捨てられるのはキミだよ。だってへんちくりんなかっこうだもん」

「あの子を見ろ、ぶつぶつだらけのあのかお」

「なんだって！」

と、いい争いまで始まりました。けれども、だんだんみかんたちはかなしくなってきて、だれもしゃべらなくなりました。そして、もうお日さまのひかりを吸う元気もないくらいしょんぼりとしてしまいました。

しばらくして、ちょっと黄色くなりかけたみかんが、パッとかおをあげていいました。

「ねえみんな、いちろう君がこのあいだ読んでた〝ベトナムのダーちゃん〟って本、あれを見たかい？」

「うん、見た見た」

と、あちこちでうなずくみかんたち。

「――今、南ベトナムにはたくさんの孤児がいます。長い戦争で家をなくし、父や母をうばわれ、ひとりぼっちになり、あるいは、手や足をもぎとられ、目や耳まで失った子どもたちはどのように生きていることだろう——こう書いてあったよ」

「ぼくたち、捨てられるくらいなら」

「ベトナムへ行こう」

「どうしたら行けるんだい？」

「ふねに乗るんだよ」

「うまくいくかな」

しょんぼりとうつむいていたみかんたちは、すこしずつ、すこしずつかおをあげ、みんなでそうだんをはじめました。みかんにしかわからないみかん語で……。

するとどうでしょう。どのみかんも、今までよりもずっとつやつやとかがやきはじめたのです。

「大和サロン」１９７３・９・15（34歳）

わらぞうり

　ずうっと前、母さんが小さい子どものころ。日本とアメリカが戦争をしていたころのこと。食べるものもなく、着るものもなく、家を焼かれた人も、死んでいった人もたくさんあった。子どもたちはわらであんだぞうりをはいていたっけ。とても軽くて、ちょっとくすぐったいようなわらぞうり。あたらしいわらぞうりはとてもあたたかいけれど、古くなると固くなって、冷たくなって、すりきれたものだ。

　あやちゃんは、近くの河原へあそびにいくとき、小さなかわいいわらぞうりをみた。あかい布が鼻緒にまきつけてある。お店ののき下にぶらさがって、あやちゃんに何かいいたそうだった。

「あんなわらぞうり、ほしいな」とあやちゃんは思った。だけど、それよりも「妹のみっちゃんがどんなによろこぶだろう……ちっちゃなかわいい足にあの赤い鼻緒をはかせたら。わらですれた赤い傷ができなくてすむんだ。みっちゃんの足に」――と思うと夜になってもなかなかねむれない。

「あやちゃん……」そっと呼ぶ声。みると、昼間のあの赤い鼻緒のわらぞうりがいるではないか。

「きてくれたの、わらぞうりさん。あしたの朝、みっちゃんにはかせてもいいの？」

ところが、わらぞうりは、赤い鼻緒をよこにふって「わたしはおみせにつながれてるの。お金をもってこないとだめよ。でも、あやちゃんにはいてもらいたくてきたの。みんながねむっているときだけ、そーっと、ね」

あやちゃんは、そーっとはいた。そしてそーっと歩いてみた。いい気持ちだった。足の方から、からだがとろけるようだった。

つぎの日の朝、あやちゃんは、タンスのひきだしから、そーっとお金をだした。やがて、みっちゃんが、うれしそうに歩いてきた。赤い鼻緒のちっちゃな足をピンピンと前へけり上げながら。

あやちゃんは、母さんにだまってお金をだしたので、むねが気持ち悪くてたまらない。でも、赤い鼻緒は、母さんのひとりごとをきいた。「あやは、やさしい子なんだねえ。ほしいもの何も買ってあげられなくてごめんよ」――そして、母さんの目からポトリとおちた涙は、赤い鼻緒をぬらした。もちろん、その夜、赤い鼻緒は母さんの涙のこと、あやちゃんにそーっとおしえてあげたとさ。

「大和サロン」1974・3・24（34歳）

こおろぎ、コロちゃん

「おーい、ここにこおろぎ、いっぱいいるぞー」という男の子の声がしたかと思うと、こおろぎようちえんで楽しく遊んでいたコロちゃんは、アッという間にビニール袋に入れられてしまいました。なかよしのチロちゃんも、リンちゃんも入れられました。なんとかしてにげようと、むちゅうで、もがきましたが、ツルツルと足がすべってしまいます。

どのくらいのじかんが、たったのか、コロちゃんはポンとなげだされました。かまきりさんや、しょうりょうばったさんもいます。てんとうむしさんもいます。みんな「ここはどこかな」と、びっくりした顔をしています。

そのうち虫たちは、みんな一ぴきずつ子どもたちの手につかまえられました。「はっけよい、はっけよい」と、おすもうをとらされているかまきりさん。「はやくのぼれ、のぼれ」と積木の坂道をのぼらされているバッタさん。おやおや、あちらにかまきりさんの足、こちらにバッタさんの手……。コロちゃんはおそろしくなって、思わず目をとじました。そのとき、コロちゃんはポーンと上へ放り投げられ、ストーンとかたい床の上にたたきつけられ、気をうしなってしまいました。

×　×

コロちゃんが気づくと、男の子のやわらかいてのひらの上でした。男の子の目が、じっとコロちゃんをみつめていて、コロちゃんが動くと、男の子はとてもうれしそうにコロちゃんの背中をなでてくれました。コロちゃんはうれしくて、ピョーンとその男の子の肩にのったり、頭にのったり。男の子は、にんげんのようちえんにきているケンちゃんでしたが、コロちゃんとほんとになかよしになりました。

さて遊びつかれて、家に帰るとちゅうのケンちゃん、公園の草のところへくると「さよなら、げんきでね」といって、コロちゃんをはなしてやりました。なかまのところへ帰ったコロちゃんは「ケンちゃんと、また遊びたいな」といっています。

「大和サロン」1976・11・28（37歳）

きりん先生の星

クリスマスの近づいたある夜のこと、きりん先生は、動物幼稚園の子どもたちのことを考えながら星空をながめていました。

――りすさんはいたずらばかり、たぬきさんはすぐふくれっつらになり、きつねさんはプンと口をとんがらせ、くまさんはすぐおともだちをたたく、おおかみさんは大声でどなるし、うさぎさんはつげ口ばかり……どうしたらなかよくあそべるでしょう

――

そのときキラキラキラッと星がまわりはじめ、スーッとすべり、となりの星とくっついたり、はなれたり、たのしそうにダンスをはじめました。あかやあおやきいろの光がますますきれいにキラキラとかがやき、それはそれは美しい星のダンスでした。そして、一ばんよく光る赤い星が「あした、これをむねにつけて幼稚園にいってごらんなさい」といって、キラキラ光る小さな星のかけらをおとしてくれました。

次の日、「先生、これなあに?」と、うさぎさんやりすさん、おおかみさん……み

んながきりん先生の胸についている石ころみたいなものを不思議そうに見にきました。

「これはね、お星さまなのよ」と、きりん先生は、ゆうべの星のダンスのことを話して聞かせました。

「もうすぐクリスマスだから、ダンスしてたのかなあ」

「だったら、もうすぐサンタクロースがくるよ」

「おみやげもってきてくれるんだよ」

「先生、みて！　星のダンスってこんなの？」

と、うさぎさんがおどりはじめると、りすさんもきつねさんも、

「こう？」
「こんなの？」
といいながらおどりはじめました。
すると、ふしぎなことにたぬきさんのつくったおりがみのピアノがほんとうになりだしたのです。おおかみさんがつくった紙のギターも……みんなはますますたのしく

なって、おどりつづけました。いつのまにか、うさぎさんもりすさんもきつねさんもなかよく手をつないでおどっているではありませんか。

そこへくまさんが大きなケーキをもってきてくれました。はっぱやどんぐりやまつぼっくりをかざったきれいなクリスマスケーキです。

きりん先生は、胸につけた星のかけらをにぎりしめて、「ありがとう」といいました。そのとき、きりん先生の大きな目からキラキラとひかってあふれでたものがあったのをだれもしりませんでした。


「こども王伸」№11　1977・12（38歳）

※「こども王伸」は私の住む王寺町の広報。係の人が、毎日新聞のハガキ童話をみて、依頼された。ここでは「森川ミミ子」のペンネームを用いた。

「女の気持ちペングループ」と私

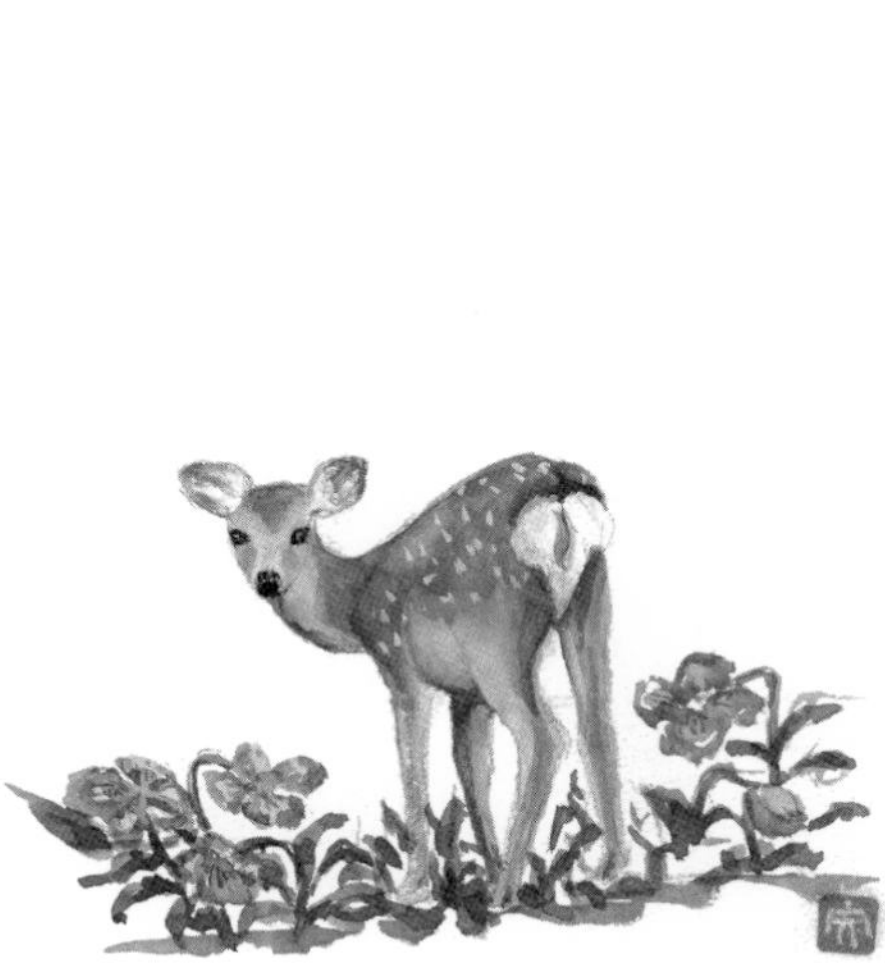

結婚して以来、夫の希望でもありずっと毎日新聞を愛読してきた。

ペングループへのお誘いのはがきを当時の代表の飯田よし枝様からいただいたのは、2回目の投稿文「ある青年の向学心」が掲載された後で、私は次女を身ごもっていた。そのはがきの筆跡から、ぜひ仲間にと望んでくださるお気持ちがうれしくて、私はすぐに入会した。送られてきた会報（1968・3発行の65号）の内容、文章は素晴らしく、扉は「戦争と平和」、特集は「法律について」であった。その当時はベトナム戦争が激化し、佐世保に、アメリカの原子力空母エンタープライズが入港するとあって、日本が戦争に巻き込まれてはならないと、反対闘争が激しく、全学連の学生たちが警察隊と衝突、大量の逮捕者、負傷者が出た。また、1970年「安保闘争」へと世の中が揺れ動いている頃であった。ただ、家庭に閉じこもって安穏としてはいられないという主婦たちの思いが、身近な生活の中で語られている。

入会はしたものの私は、夫が胃潰瘍の手術で入院し、長女を義母に頼んで病院での付き添い、大きなおなかを抱えて夫の世話をしたり出産の準備をしたりと忙しく、2か月に1度送られてくる会報は、ちらちらと読むだけで、次女出産後、会報72号（1969・5発行）に初めて「自己紹介」を書いた。29歳であった。

グループに入会させていただいてから、一度もペンを持つことなく半年あまりの月日を経てしまい、入会を決意した時の意気込みはどこへやらと我ながら苦笑を禁じ得ないところです。

私は目下、三カ月の次女のおむつ洗いと三才の長女の遊び相手（けんか相手？）、家計のやりくりに、ない知恵をしぼって、一昔前の私の衣類をひっぱり出しては娘たちのものに更生したりしてけっこう忙しく楽しく生活しています。グループに入会させていただきましたのは、「夢みたいなことばかりいう」といわれる私が、少しでも現実の世界を見つめ、いかに生きるべきかをよく考えたいためです。

そして、居心地の良い家庭生活の枠の中にとじこもって外の嵐に無関心であったなら、知らぬ間に楽しい我が家が破壊されてしまうかもしれない。そんな不安をいだくきょうこのごろだからです。

どうか皆様、よろしくお導きくださいませ。

それから間もなく、「ペングループの奈良会を作りませんか」との誘いがあり、次女をおんぶし、長女の手を引いて参加した。私と同じように子どもを連れて参加していた世話役のNさんが関東に引っ越しされて、私が世話役を引き受けることになった。

そのころは、高度経済成長に伴って、光化学スモッグや水俣病などの公害問題もありながら大阪では日本万国博覧会が華やかに開催された。だが、70年安保闘争、学生運動なども激しさを増し、また、よど号ハイジャック事件や作家の三島由紀夫氏の割腹自殺など驚くようなこともあった。そして日中国交正常化でパンダのカンカンとランランが送られてきてパンダブーム、戦後2回目のベビーブームでもあった。沖縄の本土復帰（1972・5・15）も、基地付き返還では日本がアメリカの基地を持つことになり、沖縄住民の生活はどうなるのかなど世論が沸騰。私は知人に沖縄の主婦を紹介してもらって、話を聞く例会をした。沖縄の人たちの生活を知り、その縁で、「沖縄へ本を送る会」を作って活躍している主婦との出会いもあった。

ベトナム戦争もあり、オイルショック、消費者物価急上昇など、いろんなことについて、ペングループの例会で学んだ。会員の紹介で作家の佐多稲子さん代表の婦人民主クラブの存在を知り、『婦人民主新聞』を読んでいた。それは婦人の地位向上と、世界の平和を願うものであった。

その頃（１９７３・昭和48年）奈良版には、ペングループ会員のためのコラム「みずぐき」欄を作っていただき順番に投稿するようになった。はがき童話のコラムもでき、「はがき童話の会」にも出席した。「いちご絵本」に掲載された人、語り部から一人芝居の女優になった人、エッセイストとして週刊誌の連載や出版をした人もいる。ペングループでの良き友人たちとの出会いは、私の人生の宝物ともいえる。

１９７４年、奈良会の世話役をしていた私は、35歳。会員もみな若かった。大和の古文化財の勉強をして、「大和の自然を求めて歩く」という例会をしている。

春には、法隆寺の裏山を登り、松尾寺へ。そして国見台でおにぎりを食べ、矢田寺へと道端のわらびやぜんまいを手折りながら、また名も知らぬ野の花や虫たちに歓声を上げながら汗だくになって歩いた。嫁姑の悩みから、夫婦について、女について、人間についてと話も弾む。時折、うぐいすも仲間入りしてくれる。矢田寺では、日本最古の地蔵尊を拝観させていただき、空海の像にそっくりのお坊様から御仏の教えをお聞きして、心洗われた一日であった。

秋には、岩船寺から石仏の道を歩いて九体寺（浄瑠璃寺）へのハイキング。これは神戸会との合同例会であった。笠置行きのバスを降りて少し行くと大きな岩に名も知れぬ古人が刻んだ御仏のすがたがあり、しばしうっとりと安らかな気持ちになった。その上、岩船寺の裏山に登って頂上の貝吹き岩の上から見た景色は、私たちの心からあらゆる雑念をはらってくれた。濃い霧が幾重かの層になって立ち込め神秘のベールに包まれたような山々……これは御仏の国ではないのかと錯覚を起こすほどであった。そして、浄瑠璃寺までの道を野の石仏（笑い仏や泣き仏……など）に歓声を上げながら歩いた。ところどころの無人売店にはおいしそうな柿が並んでいた。ちょうど吉祥天女像が開扉されていて女らしい色気さえも感じさせるような美しい姿に、ほのぼのとした幸福感が漂っているのを見ることができた。この世を一歩ずつでも浄土に近づけようとする知恵とその努力を身に着けるという住職のお話にも心打たれた。

冬には、婦人民主クラブの友人が紹介してくれた、関久子先生のお話を聞いた。こんなにも人類愛に情熱の炎を燃やしつづけて生きた女性にお会いできたことに感動している。１９９７年に94歳で亡くなられたとのことである。

会報に掲載した例会報告をそのまま転記したい。

「私の歩んだ道」

《例会報告》1974年12月11日
講師　関久子先生（歌人）

年の瀬もおしつまった土曜日の午後、ボイラー故障で暖房もない寒い部屋で私たちは、大阪啄木の会の同人であり、歌集『艸炎（くさいきれ）』を出された関久子先生に情熱の半生を語っていただいた。先生は、山野を歩き、自然を愛する歌人であるうえ、女性の解放と平和運動に地味な活動をつゞけておられる方でもある。

和歌山に生まれ、安珍清姫の舞台で育ったという先生は、情熱だけは負けないつもりと、魯迅の「はじめから道はない。多くの人が歩くから道ができるのだ。広いよい道にならねば多くの人は歩くようにはならない。」という言葉を胸に、はじめの道を開く勇気を持ちつゞけてこられた。その先生にも青春の迷いはあり、生まれた以上、自分が生まれたという意味、生きてよかったという意義を見つけるべく、キリスト教を勉強したり、哲学書をひもといたり、資本論を読んだりしてさまよった。ある時、ゴーリキーの「母」という演劇をみて感激し、いろいろな人と知り合い、カンパを集めて、働く人にみてもらう劇や映画を作り、プロレタリヤ文学を生み出す運動に参加した。その頃、河上肇の『貧乏物語』を読み、―歴史を創造するのがプロレタリヤ―ということに感激し、それが生きがいであると悟った。二十九才のときであった。そして、共産党の救援組織にカンパして、二十九日間投獄され、夫との思想的な対立がどうにもならず別居、婦人公論グループや教師としての活動も、戦前戦中の思想統制の前にはまゝならず、それでも自らの生きがいのために、もがきつゝ生きつづけて終戦。勤労婦人連盟をつくるなどにわかに忙しくなり、現在の大阪教職員組合の初代の婦人部長をつとめた。

そして今、その日その日の生活の苦労をかみしめつつも、「人類愛」の立場に立って、原子力発電所や、三里塚など、軍用基地の反対運動に一歩一歩、土を踏みしめておられる。

七十才を越すとは思えない若さ、大らかさ、豊かさ、先生の何分の一でもたくましく生きたいと思ったことであった。

会報107号　1975・4（35歳）

1973年から近くの幼稚園に勤務することになり、次第に例会の出席はもとより「みずぐき」を書くのも大変になってきて1980年から1997年、再度お誘いを受けるまで、奈良会はお休みする。しかし、ずっと会員であり続けて、会報だけは読んでいた。私の社会へのもう一つの窓として。

定年退職をしてからは、例会にもほとんど休まずに参加、会報にも投稿、奈良会の世話役や会報の編集員などもして、もう一つの私の居場所になった。

2004年世話役の時には、毎日新聞土曜日夕刊に連載のスケッチ「あなたと歩きたい」の画家、寺田みのる氏を奈良県文化会館にお招きして講演会を開催。「女の気持ち」って僕はなんか気持ち悪いなあとユーモアたっぷりに、自身が画家として独立してきた道のりをお聞きし、常に知的欲求を持って、いい意味での欲張りな人生を、周りの人と共に楽しんで歩もうとのお話に共感した。

2010年には「女の気持ちペングループ」の代表もさせていただき、仲間と共に会報の編集や総会を開催した。

2012年には、毎日新聞夕刊コラム『しあわせのトンボ』を楽しみに読んでいた私は、著者であり、近藤流健康川柳家元である近藤勝重先生を奈良文化会館にお招きして講演会を開催した。『生き方再発見』と題して、ご自身の生き方や「喧嘩して3食作るあほらしさ」などの川柳を紹介しながら話をされ、笑いの中で楽しいひと時を過ごした。いろんな角度からの物の見方や考え方をすることで楽しい人生があるのだと私は感じた。

またこの年には、貸し切りバスに乗っての小旅行を計画、赴任されたばかりの香取泰行支局長も一緒に琵琶湖岸に群生する蓮の花に歓声を上げた。ボランティアガイドをしている滋賀会のIさんに案内していただいて、琵琶湖博物館では琵琶湖の環境問題について学び、楽しい1日を過ごしたのもいい思い出である。

2014年には奈良版の『68年後の証言・奈良の戦争体験』の記事をきっかけに、奈良会で戦争体験文集『平和への祈り』を発行した。

2020年からはコロナ禍で、例会も総会もできないが、会報に投稿し、ときには毎日新聞の「女の気持ち」欄に投稿し、毎日のこの欄を楽しみに読んでいる。

幼児教育に魅せられて

輝ける日々（F10号　アクリル）

子育ての参考にもなるかとの思いで、短大の通信教育で幼児教育の勉強をしていた私は、長女の通う「愛の園幼稚園」の先生の子どもを見るまなざし、言葉がけの一つひとつに子どもが生き生きと目を輝かせていく姿に出会い、感動し、幼児教育の大切さに魅せられていった。卒業して資格を得ると同時に縁あって王寺町立王寺幼稚園に勤務することになった。昭和48年（１９７３）、長女は小学2年生、次女は幼稚園入園であった。長女はかぎっ子、次女は、愛の園幼稚園の園長先生のお母さまが「幼児教育を頑張る方ならば協力しましょう」と、見てくださることになり、私が迎えに行くまで預かってくださった。2年間、仕事を終えると自転車で10分～15分の愛の園まで迎えに行った。自転車をこぎながら後ろで居眠りをしている次女に「寝たらだめよ」と背中をたたいていたことが懐かしい。夫も幼児教育の大切さを語り、よく協力してくれた。長女もよく手伝いをし、妹と仲良く遊んでくれた。だが、家事をこなし、担任している気になる子どものことを思い、明日の保育の準備などもしなければならない時もあり、絵本を読んだり、話を聞いてやったりする時間もなく、ついつい、我が子のことは後回しになり、娘たちは情緒不安定になっていたかもしれないと、今でも申し訳なく思っている。

保育をしていく中で、いろいろな子どもの思いや親の思い、悩みなどにどう対処していけばいいかと、自分の力不足を感じて、関西カウンセリングセンターの講習（昭和53〜54）を受けに通った。また、それだけでは足りずに4年制大学に編入（昭和55〜57）して通信教育も再開した。スクーリングの体育の実技で鉄棒から落ち、頭部の怪我をしてみんなに心配をかけたこと、水泳の授業でスイミングの施設に行くとき、同じクラスの若い男性の単車の後ろに乗せてもらって、鴨川沿いの道を、風を切って走ったこと、グループでのダンスの創作に興じたこと、同じ思いで保育に取り組んでいる友人たちとの出会いもあり、レポートは、実際の保育に関連付けることもできて、有意義で楽しい2年間を過ごした。昭和57年3月に無事卒業。卒論は、幼児心理学で、「幼児の性格形成における両親の影響について」。指導の鵜飼伸行先生は、河合隼雄先生とともにサルの研究をされているとかでサルの物まねが上手との噂であった。私の論文は、『仏教大学通信教育部論集第17号』に掲載されている。

たくさんの子どもたちやお母さんたちと出会い、いろいろなことがあった。カウンセリングで学んだことを生かしながら、寄り添い、よく話を聞き、昔話や童話の世界でともに遊んだり歌ったりした。だが、子どもたちの育つ環境によって子どもなりのストレスや、差別や偏見の芽が生まれていることに気づき、同和教育（部落解放、人権教育）にも熱心に取り組んだ。

研究保育（公開保育）、研究発表などもあり、自己研鑽と保育仲間との連携、子どもとその集団をよく見つめていく日々の保育に一生懸命であった。

保育雑誌『ひかりのくに』の主催で、保育体験発表に応募して当選し、夏の志賀高原で発表したこともある。「そんなに一人の子どものことに一生懸命になっていて、他の子はちゃんと見ているのか」との質問に、「一人の子をちゃんと見られないものが、どうしてたくさんの子を見られるのか」と返してくださった指導の先生の言葉がずっと私の頭に残っている。キャンプファイヤーをして初めて出会った保育仲間との楽しいひと時も忘れられない思い出である（昭和50年ごろ）。

また、昭和55年の春休み、「ヨーロッパ幼児教育の旅」に参加した。幼児教育のためならばと、夫も理解して応援してくれた。１ドルが３００円くらいのころ、初めての飛行機の旅でドイツ、スイス、フランス、イギリスの幼児教育の視察と観光を兼ねての楽しい旅であった。夫がよく行かせてくれたと思う。

ペスタロッチの理念を大切に受け継いだ保育、自然の中での遊びの大切さ、個人を大切にする保育など学ぶことが多くあった。どの国でも、子どもがとても大切にされ、保育所、幼稚園、学童保育が一つになっていた。また、職場の昼休みが2時間あり、子どもは、家に帰って家族と一緒に昼食をとることになっているなど、私にはうらやましいことであった。そして、幼児教育に携わる者には、教育士として社会的地位が確立し、数年ごとに再教育の場が与えられるとのことであった。

日本も、女性の社会進出が進んでくるとともに、幼保の一元化、学童保育も充実されてきているようであるが、働いていても安心して子育てができる社会にならなければ少子化問題の解決はないであろうと思う。

昭和48年（1973）から、平成12年（2000）3月まで27年間、いろいろなことがあったが、とにかく一生懸命に幼児教育に取り組んだ。平成2年から平成8年まで、王寺北幼稚園の主任として、また、平成3年、4年には、奈良県教育委員会から指導委員の委嘱を受け、いろいろな幼稚園に指導者として行かせていただいたが、どれも私のほうが勉強させてもらったといえる。57歳で役職定年を迎えた私は、希望して60歳までの3年間を担任として勤務した。今まで学んだこと、経験したことを実践したいと思ったのであったが、実際は、時代も変わり、子どもも親も変わり、ゼロからの出発であった。でも私の充実した3年間であった。

幼児教育に魅せられ、天職とさえ思い取り組んできた日々、その間には、娘たちの進学、就職、結婚、そして、夫の両親の介護、私の母の看病と死、今のように介護保険も介護施設もなく、できる範囲のことを一生懸命やってきた。家族には淋しい思いをさせたのではなかろうかと今も申し訳なく思うが、すばらしい仕事に携わらせてもらったことに感謝している。

私の出会った子どもたちとその両親、職場の仲間、先輩、教育関係の方々、喜び、悲しみ、悔しさ、怒り、悩み、いろんなことがあったが、ひたすら子どもたちの幸せを願い、祈って行動してきた。その汗も涙もすべていい思い出となり、みんなが私の人間性を磨いてくれたのだと思う。

子どもの頃の思い出

家庭菜園より（F10号　水彩）

書けなかった作文

本を読むこと、詩や文章を書くことが大好きだった少女時代の私。小学校の校内誌「学びの友」にはほとんど毎号、私の作文が載っていた。けれどたった一度だけ、宿題に出された作文をどうしても書くことができず提出しなかったことがある。それは、小学校六年生のとき「私の生いたち」という題の作文であった。

幼い時、父を亡くした私は、小学校三年生のとき、母の再婚と同時に、子どものない母の姉夫婦の養女になった。

養父母はとても私を可愛がってくれた。戦後間もない物のない時代であったが、養母はセーターを編んでくれたり、学校で使う袋物を縫ったりしてくれた。お祭りのときに養父の肩車にのせてもらったうれしい思い出もある。

けれど、やはり私は母が恋しかった。そして、そのことは誰にも言ってはならないこと、可愛がってくれる養父母を悲しませることだと自分に言い聞かせていた。

養母は、一年に一度、裏庭の柿が赤くなると、カゴいっぱいに柿を入れて、汽車に乗って一時間程の母のところへ私を行かせてくれた。母とのなんとなくあたたかい時間はあっという間にすぎて、シュッ！　シュッ！　シュッ！　と、煙をはいて走り出す汽車……私を見送る母はいつまでも、いつまでも手を振っていた。その母の姿が見えなくなると、私は一人、汽車の座席で涙をこらえた。

「私の生いたち」という作文は、「一人だけ提出しなかった人がいます」と、先生はチラッと私を見た。親友のKちゃんが先生にほめられ、作文を朗読した。

Kちゃんは、幼い時お父さんが亡くなられて、お母さんと二人の姉さんと暮らしていた。生活は苦しいので、子どもたちも働くお母さんを助けている。お父さんが亡くなったあと、Kちゃんをうちの子どもにほし

いと、親戚のおじさん・おばさんが来られたが、Kちゃんはどうしてもいやだといって押入れにかくれてしまって、おじさんたちが帰るまで出てこなかったというのである。私はずうっとうつむいてその作文を聞いていた。きっと、顔はまっ赤になっていたにちがいない。そんな作文をクラスの皆の前で、いや私の前で読ませるなんて――先生は本当の私の気持ちが分かっていないんだ。大好きな先生なのに――と思うと、涙が出そうになったが、ぐっとこらえた。

十年前、七十八歳で母は亡くなった。少女時代にこらえていた涙を私はどっと、柩《ひつぎ》の中に流し込んだ。

会報207号　2003・4（63歳）

手づくり生活の思い出

自分の手で何かをつくったのはいつ頃だったろうか。覚えているのは、3〜4歳の頃、路地裏の垣根にぶらさがっているむかごをつんできて、七輪に火をおこし、小さいなべでゆがいていた。母は妹をだっこしてあやしながらそんな私を笑って見ていたっけ。なかなか炭に火がつかず煙が目にしみて、くやし涙をぬぐっていた私。

5〜6歳の頃、母にたのまれると、かまどの火をつけてご飯を炊いた。母が、米を水かげんしてかまどにかけ、紙と柴と薪を燃えやすいように組んで出かけた。友達とまりつきやお手玉をして遊びながらも時計を気にして夕方5時、かまどに火をつけた。消えないように薪を中へ中へとくべていき、ふき上がってきたらかまの蓋をちょっとずらして、しばらくして火を消す。熾《おき》を消し壺に入れてきっちり蓋をする。ちょっとした薪のくべ方で火が消えそうになる。どう置いたらよく燃えるか工夫しながら薪をくべる。火吹き竹も使った。ぼぉーっと燃え上がった時のうれしさは今も覚えている。

その頃、おやつに「ふなやき」をつくった。小麦粉を水でといて少し砂糖を入れ、フライパンでうすくのばして焼く。こげつかないようにひっくりかえすタイミングがむつかしい。七輪のそばにしゃがんだ妹が出来上がるのを楽しみにしていた。

小学校1〜2年生になると、ご飯は自分で水かげんして炊けるようになった。水は井戸水をポンプでくみ上げる。

時々、ポンプがからまわりして水が出ない。呼び水をして何度かガシャガシャと取っ手を上下させ水をくみ上げるのにも微妙なコツがいる。井戸水は、夏は冷たく、冬はあたたかい。スイカもトマトもこの水で冷やして食べた。大好きなまくわうりが冷やしてあるのをみて思わず笑顔になったものだ。この頃、棒編み針で手袋（ミトン）も編んだ。親指の分かれ目に穴があかないようにするにはどうしたらいいか母や近所のおばちゃんに聞きまわった。減らし目や増し目、ゴム編みなども教わって、編み物は大好き。遊びの延長――即

生活であり、幼い私に母はよくやらせてくれたと思う。
夏のおやつには「寒天」を作った。冷たくてプリッとした舌ざわりとほのかな砂糖の甘みが好きだった。勿論、冷蔵庫はなく、井戸水を何度もかえながら冷やした。母はさつまいも入りの蒸しパンをよく作ってくれた。おいしかった。どうしても食べられなかったのは、戦後すぐの頃、母が作った米ぬかまんじゅうだった。こんなに食べるものがないのかと子ども心に思ったことを覚えている。

会報212号　2004・12（65歳）

ひなまつりの思い出

毎年、ひな人形を飾るころになると、決まって幼い日のことが思い出される。事情があって、伯母のうちで少女期を過ごした私は、ひな人形を飾ってもらうどころではなかった。でも、近くの大きな家に住む友達のひな壇の前でよく遊んだ。自分を少女小説の主人公のように思い、お金持ちのお嬢さんは、わがままでいじわる……などと先入観を持っていたのであるが、彼女のひな壇を見た日のさわやかな記憶は今もはっきりしている。
「このお人形さんたちも飾ってあげないと可哀そうだから」と言って、手足のちぎれた人形や片目のない人形まで、自分の持っている人形のすべてをひな壇の前に並べて、いとおしそうにしていた彼女の姿。思わず、手足のとれた人形を抱きしめたときの感触。紅茶を運んできてくれた彼女のお母さんの笑顔。紅茶のおいしかったことまで何かほんのりと温かく私を包みこんでくれる思い出である。

それ以来、私は自分のひな飾りを楽しむようになった。折り紙でだいりびなを作り、空き箱に赤い端切れをかけて壇にし、自分の手作りの人形やこけしまで人形らしいものはすべて並べて川ぶちに咲いているネコヤナギをビンにさして飾った。そのひな壇

に、私を育ててくれていた伯母が、あられをいって供えてくれた。本物のひな人形をほしいと思わなかったと言えばうそになるかも知れないが、私はそれで十分満足していたのである。

物質文明時代に育つ私の娘たちは、七段飾りも華やかな部屋で、事もなげに遊んでいる。私の幼いころ、母が白い布に綿をまるめ込んで人形を作り、墨で髪の毛や目鼻を描いてくれたことが三十も半ばのこの年になって、むしょうに懐かしく思い出される。ついつい、娘たちに人形を作ってやることもなかったことを悔いつつ、母と私との絆《きずな》、私と娘との絆の深さが思いはかられるのである。

「みずぐき」1981・3・2（35歳）

先生との出会い

幼稚園の先生は全く覚えていない。小学1年生の時の先生のふっくらした笑顔が思い出にある。小2の先生は、何となくなじめなかった。小3の時の男の先生は近寄りがたく怖かった。母が入院していて、夏休みの宿題を全くせず、日記だけを提出した私は、先生に叱られるものと覚悟していた。でも先生は「お母さんが入院されて大変だったね。よくがんばったね」と、宿題のことは何も言わず、やさしい言葉をかけて下さり、ほっとしたのを覚えている。

小4の時の男の先生は、一目で好きになった。東京の大学を出たばかりの明るく楽しい先生で、声や話し方が好きだった。掃除の時のこと、私は教室の窓の敷居を拭いていた。

窓ガラスは2枚重ねた状態で敷居の真ん中にあり、私は開いている敷居だけを拭いた。すると先生が傍に来て、「掃除というものはネ、こういう風にするものだよ」と、窓ガラスを一方に大きく開けて敷居を拭き、またもう一方に窓ガラスをずらして敷居を拭いた。そして、ニッコリと私を見た。私は赤面して、ポーッとなった。先生が私にだけ声をかけて下さったのがとてもうれしかった。今でも、敷居を拭く時には、その光景を思い出す。今思えば、あれは私の小さな初恋だったのかも……。

だが、その先生は大学院でもっと勉強することになったとのことで、2学期からは女の先生に代わった。この先生は、男の子たちがさわいでいると、ヒステリックな声でよく怒った。図画の時間のこと、りんごの写生をしていた私の横にきた先生は、

「なかなか面白い絵を描くね。面白いってことは、ケッタイなということとちがうよ」と、にこにこしながら言われた。私はそれ以来、絵が好きになった。今も絵を描く楽しみを持てるのは、その先生のおかげだと思っている。

小5、小6と続けて担任してもらったのは、教員養成所を卒業したばかり、20歳の熱心な女の先生であった。

戦後バリバリの新しい民主主義をこの先生に学んだ。

本を読み、感想文を書き、日記や作文を書き、先生は朱筆でたっぷりと対話して下さった。私は毎日のように図書館に通った。〝先生になりたい〟と思ったのもこの頃であった。そしてもう一人、この頃の私に忘れられないのはキリスト教会の日曜学校の先生である。一人一人の子どもたちの目をみつめて話をする男の先生で、私は聖書の物語や創作話など聞くのが大好きであった。このような先生たちとの出会いが私の人間形成に大きく影響していることは確かである。

先生との出会いに感謝!!

会報225号　2010・4（70歳）

K先生の思い出

K先生は、私が小学校の五年、六年のときの担任であった。大学を出たばかりの女の先生であったが、五年生の始業式の日、「みんな仲良く、一生懸命がんばりましょう」と挨拶をされ、やさしそうな中にも厳しさのある話し方に心うたれ一度にK先生に引きつけられてしまったのである。それは、K先生の教育への情熱がひしひしと伝わってきたからであり、K先生のあたたかい人柄がしのばれたからでもあった。

今、盛んに同和教育が叫ばれ、いろいろと研究もされているが、私は、K先生のことをいつも思い出し、K先生の教育こそ、同和教育の手本だと思うのである。戦後数年目、ようやく落ち着きをとりもどしかけた日本の社会であった。日本人が平和のありがたさに、ようやく目覚めかけたときであるともいえる時代、K先生は、戦争を憎み、戦争のおろかさを語り、平和を愛することを、平和の尊さを教え、人類の愛を何よりも大切と教えてくれた。そして、グループ活動や学級活動の中で民主主義の大切さとむつかしさを学ばせ、大勢の中でも堂々と自分の意見を述べ、相手の話をよく聴き、議論し合える人間にならねばならぬことを教えてくれた。私のいた小学校は、今でいう同和地区を含んでいて、クラスにも数人その地区から来ている子がいたが、K先生は、貧富の差や、その他いろいろの差別が存在することにも私たちの目を向けさせた上で、人間はすべて平等でなければならないこと、誰もが手を取り合って仲良くしなければならないことをくどいほど教えてくれた。

そして、昼休みに、放課後によく私たちと一緒にドッジボールや鬼ごっこの仲間になってくれた。勉強の分からない子には遅くまで残って教えたり、私たち一人一人の日記帳を毎日ていねいに読んでは先生の意見を朱書きしてくれた。夕方近く、ふと先生に逢いたくなって学校へ走って行ってみると、たいていK先生は誰もいない教室で赤ペンを手に仕事をしておられた。そんなK先生と読んだ本の話などしながら並んで歩いて帰った日もあったっけ。K先生は特に本を読むこと、考えることを私たちにすすめた。そして、文章を書くことの楽しさを教えてくれた。少年少女世界名作を次から次へと読み、感想文を書き、発表し合い、私の半生の中でこの五、六年生時代が最も多くのことを吸収した時代であったような気がする。そんなK先生であったから二、三日風邪で休まれただけでも私たちはすぐにお見舞にかけつけずにはおれなかった。

そんなK先生のことを私の養父は、「ふん、桶屋の娘か」と見下したような云い方をしたので私と養父の心の溝はまた一つ広がったのであった。私にとってK先生は、養父よりも養母よりも信頼でき、親しめる人であった。

〝先生〟という仕事は、一人の人間の人生観に一つの矢印をつける。K先生が私につけてくれた矢印に向かって私は今も歩みつづけている。いや、立ち止まっているやもしれぬ。だが、K先生のことが忘れられない限り、私は歩みつづける努力をするだろう。

そう思うとき、〝先生〟という仕事の大切さとおそろしさを感じ、責任の重さを思う。何の曇りもない子どもたちの瞳、信頼に満ちた目で一せいに私を見つめる。方向を誤ってはならない。いいかげんな言葉で子どもたちを傷つけてはならない。その時、その時が真剣勝負なのだと思う。

K先生は今ごろどのような生活を送っていられることだろう。お幸せを祈りたい。

ペングループ奈良会文集「かに」第5号　1974（35歳）

「ごめんなさい」「ありがとう」

何かにつけて、母のことを思い出す。母は何かをしながらよく歌っていた。朝、幼い私を起こす時も歌であった。

カラスがカァカァないている
すずめもチュンチュンないている
障子が明るくなってきた
早く起きろと　ないている

鉄道唱歌の替え歌で、母が歌うと私はうっすらと目をあけ障子が明るくなっているのを確めた。そしてまだ温かいふとんの中にいたい気持ちで母の方をみると、母は私の着がえを広げて待っている。私は母の腕の中にとびこんだ。

母と一緒に野道を歩いた記憶も多い。道端の可愛い花、きれいな小川の流れ、涼しい木立ちの中の道、母の友達を訪ねたり、山菜摘みだったり……ある時は線路を歩いた。

近江鉄道の多賀線は1～2時間に1本の往復をする単線だったが、たまに電車が向こうからやってくる。急いで田んぼに降りて、ゴォーッと電車が通りすぎるのを見送るのはスリルがあった。「もう歩けない」と、道の真ん中に坐り込んだ記憶も――。

そんな幼い日々の思い出とは別に、私の心の底には母との確執がひそんでいた。

「私と二人だけで生きてほしかった」

「私なんか生んでくれなかったらよかったのに」

再婚した母を責める一言を、言ってはならないと思っていた一言を母に言ってしまった。18～20歳頃だったろうか、進学も就職も恋愛も思うようにいかず、太宰文学をよりどころにするどうしようもなく純粋で青白い私であった。そんなことを言われて、母はどんな思いだっただろうか。

しかし、何事もなかったかのように年月は流れ、「あんた達がいたから、お母ちゃんは倖せやった」といって、母は78年間の波瀾万丈の生涯を終えた。妹とはよく遊び、よくけんかもした。母が弟を可愛がりすぎるので焼きもちもやいた。だが今となればすべてなつかしい、いい思い出。

妹夫婦とはよく一緒に旅行をするし、何事かある時は、一番にかけつけてくれる。

弟も、しばらく音沙汰がないと「姉ちゃん、元気にしてるか？」と電話をかけてくる。弟妹がいて本当に良かった。そして今、夫や子ども、孫に囲まれた倖せな私である。「お母ちゃん、ごめんなさい。そして、私を生んでくれてありがとう!!」本当はもっと早く心の中で言っていたこの言葉、大きな声で母に伝えたい。

会報２２６号　２０１０・８（70歳）

懐かしい音

「トントン、トントントン……」軽やかな音で昼寝から目覚めた少女の頃の私。母が台所できゅうりを刻んでいる。何ともいえない甘くあたたかい気持ちが私を包む。お母さんがいる――安心感のただよう中で、またウトウトとする気持ち良さ。もう60年近くも昔のことなのに、その時の光景がはっきりと蘇ってくる。

暑い夏、クーラーも扇風機もない時代、風通しの良い座敷で、「リリリリ・リーン……」と風鈴のやさしい音色を聞きながら、母や弟妹と一緒に昼寝をするのが習慣であった。日曜日は父も一緒で、昼寝から起きると、父が「今日は暑いなあー」と財布からお金を出す。「アイスキャンデー10本、買っておいで」と。妹と私は大喜びで、アルミの鍋をもって近くのアイスキャンデー屋に走っていく。当時、棒のついたアイスキャンデーをその店で作っていたようだ。おじさんが重そうなアイスボックスの蓋をとると、フワッーと白い冷気がたちのぼった。レモンとイチゴとソーダのアイスしかなかったように思うが、溶けないうちに、落とさないように注意しながら急いで帰ると、隣に住む叔母と従兄たちも来ていて、皆で食べたアイスキャンデーのおいしかったこと!!

　母の作ったきゅうりもみもおいしかった。きゅうりは、小さな裏庭の畑で母が作ったものである。花かつおときゅうりだけの素朴な酢の物だが、私は大好きで、残った酢をご飯にかけて食べたのを覚えている。そして、いつか私も母のように「トントントン……」と軽やかに早くきゅうりを刻みたいと思っていた。

　今は、きゅうりは一年中店で売っているが、やはり夏に裏庭でとれる太ったきゅうりがおいしい。私はいつの頃からか母のように「トントントン……」ができるようになっている。夫の故郷の鰹の生節《なまぶし》を削ったものをまぜたきゅうりもみは最高である。

　冬は、火鉢の炭のはぜる音、そこへ網をのせてもちを焼く。もちがふくらんでくると「ジワージワー」というようなかすかな音がする。そして、「プシュッ！」と音がしてふくらみが破裂する。友だちと一緒に火鉢を囲んで、「もうすぐやでープシュッ！」と、タイミングを合わせて、「プシュッ！」と言うのを競い合ったこともなつかしい思い出である。

折しも「ピッピッピー」という音。洗濯機？　炊飯器？　あら、ストーブの灯油切れのサインだ。

会報228号　2011・4（71歳）

父の教え

父は、私が生まれて40日目に結核で亡くなった。父のことは、母や叔母（父の妹）に聞いたことと数枚の写真でしか分からない。背の高い人で電信柱といわれていたこと、道具はいい物を買わないとダメだと言っていたこと、新しい物に興味関心を持つ人で、ラジオが出始めてすぐ買ってきて聞かせてくれたとか、家族を大切にする人で、毎年末に必ず、親や弟妹にと、みかん一箱を贈ってくれたとか聞いている。父は友人と二人でタクシー会社をはじめていて、その名も「日の丸タクシー」――私が生まれた夏の炎天下、大喜びで車を洗っていたという。どんな時も父は空から私を見守ってくれていると思い続けてきた。今も――。

母の再婚と共に私は、子どものない母の姉夫婦の養女になった。戦中戦後の物資不足の中で育った私は、やせ細って、しょっちゅう熱を出し、病院通いが絶えなかった。そんな私を丈夫に育てようと薄着と乾布まさつを励行するよう、養父はとても厳しかった。「おはよう」「おやすみ」来客へのあいさつ、トイレを汚したら必ず自分で雑巾で拭くこと、ふすまの開け閉め、茶碗の持ち方。箸の上げ下ろしなども厳しくしつけられた。新聞記者をしていた養父は、新聞を踏んだり跨いだりした時とても怒った。新聞のおかげで飯が食べられるのだと。だが、肩車をしてもらって左義長祭にいったり、八幡山に登ったり、自転車の後ろに乗せてもらって八幡神社や八幡堀の辺りを散歩した思い出もある。しかし養父は、酒と女に金を使うようになり人が変わった。夫婦げんかが絶えなくなった。

中1の夏、私は母のところに戻った。母の再婚相手である養父は、威厳のある近寄り難い人であった。大阪の商船大学を出た秀才とのこと。会社から帰ると和服に着替え、英字新聞を読み、時にはバイオリンを弾く。ある時、友達に誘われて近くの算盤塾へ行った。しかし、すぐに母が迎えに来た。お父ちゃんが反対しているとのこと。養父は「算盤などは自分で練習したらいくらでも上手になる。わざわざ習いにいく必要はない。やりたかったら自分でやれ」と言った。「勉強は自分のやる気と努力でするものだ」と。

実の父のように甘えた記憶があるのは母の二人の弟である。どちらの叔父も理髪店を営んでおり、私が欲しいものがある時、店の掃除など少し手伝うと買ってくれた。それぞれの父の教えは、とても有難いものだったと今になって思う。安らかにあの世の平安の中におわすことを!!

会報229号　2011・11（72歳）

ツユクサ

焼け跡やがれきの中に咲く一輪の花にはドラマがあるが、私のそれは路地裏の垣根の下に点々と咲いていた幼いころの原風景である。二、三歳のころであっただろうか、近所の友だちと家の前の道路でよく遊んだ。友だちといってもみんなお姉さんたちで、私は『豆』といって、つかまっても鬼にならずに許してもらえた。鬼ごっこ、かくれんぼ、下駄隠し、「通りゃんせ」「かごめかごめ」「なかのなかの弘法さん」などのわらべ唄遊びなど絵のように思い出される。

遊びに飽きると私は、家の向かい側にある路地に行った。垣根のなかは畑であった。もう一方の垣根のなかは空き家の荒れ果てた広い庭であった。木造の立派な門構えのその家の人が早く帰ってここに住んでほしいと幼心に思っていた。だが、おじいさんが一人で住むようになったある日の夜中に火事になり、我が家の障子が真っ赤になったのを覚えている。黒く焼け焦げたみすぼらしい家、悲しく寂しい思いで眺めていたころ、垣根の下にツユクサの花が咲いているのを見て、「きれいな花」と、生まれて初めて思った。

レンゲ、タンポポなどはよく摘んで遊んでいたし、イヌフグリも可愛いと思って見つけるとうれしかったが、このツユクサには感動したという思いがある。コップに挿しておいてもタンポポと同じようにすぐしぼんでしまうのが残念だったが、ツユクサは翌朝また別の花が咲いてうれしかった。朝咲いて午後にはしぼむ朝露の似合う花。

蛍草、月草ともいい、秋の季語である。アオバナともいい、友禅染などの下絵用に用いる。ちなみに花言葉は、「尊敬」「小夜曲」。幼いころ、私はツユクサの憂いのある青紫のセレナーデを聞いたのであろうか。

夏、水遊びをした近くの犬上川に咲くカワラナデシコや月見草も好きで、花を見るのが楽しみで河原に行ったものである。薄いピンクのはかなげな花びらが可愛いカワラナデシコは踊るように風に揺れていた。月見草は月を見たいと上ばかり見て背伸びして月のように黄色くなったのだろうなどと考えていた。だが、月見草に触ると耳垂れが出るからダメと母に言われて、月見草は可哀相な花だとも思った。戦中戦後の殺伐とした時代に育った私ではあるが、今も心の中に路地裏の垣根のわらべ唄が聞こえるのどかな風景や、川の流れ、岩や石ころの河原、風に揺れる野の花、川の向こうの夕焼け雲などが何枚もの絵となって残っている。

今は、季節ごとにいろんな花を植えて楽しんでいるが、やはり野の花に心惹かれる私である。

会報238号　2014・12（75歳）

初めての冒険

春だったのか秋だったのか気持ちのよい天気の日であった。５歳の女の子が２歳の妹の手をつなぎ田舎の小さな駅で電車を待っていた。もう一方の手にはまだ温かい「ふな焼き」の入った手提げを持っている。コの字型に椅子が取り付けられた小さな駅舎、座ろうともせず不安げに誰かを待っている。誰か大人が改札内に入るときに一緒について入れば切符を買わなくても電車に乗れると近所のおばちゃんが話していたのを試そうとしているのである。誰もこない。電車が入ってきた。どこかのおばさんが走って改札口を入って電車に乗る。続いて二人の女の子も電車に乗った。昭和19年、５歳の私の初めての冒険であった。

近江鉄道の「高宮駅」、小さな駅であるが、ホームが三つあり一番奥は多賀大社を往復する１両の電車が倒れそうになりながらカーブを曲がっていくのが見えた。二駅先の「彦根駅」で降りて叔母の家に着いたのは夕方の5時頃だったらしい。びっくりしながら叔母はとても喜んでくれ、その後も事あるごとに思い出話に付け加えた。だが勝手に電車に乗ってはいけないと懇々と母に諭された。

その頃私たちは母の弟の留守宅に住んでいた。その日、母は急用で出かけるので私に留守番を頼んだ。ちょうど近所のお姉ちゃんたちが数人遊びに来ていて、母は私たちのことを頼んで行った。理髪店をしている母の弟は戦地に行っていて、店は休業、タイル張りの広い店は、まりつき、縄跳びに丁度良く、四畳ほどの畳敷きの待合はお手玉やカルタ取りの場であった。役所の人が来て、理髪用の椅子を供出するようにというのを、母が泣きながら「これを持って行かれたら、弟が戦地から帰った時に仕事ができない」と懇願している場面を今でも絵のように覚えている。そして、一つだけ椅子は残された。あの椅子や鍋や釜が鉄砲の弾になって人を殺したとは、信じられない本当の話なのである。

その日にかぎってお姉ちゃんたちは早く帰ってしまった。寂しくなった私は、彦根のおばちゃんのところへ行こうと思い、お土産に「ふな焼き」を焼いた。コンロに火をおこしフライパンを乗せる。油を敷き、小麦粉を水で溶いて薄く伸ばして焼く。砂糖を少しふりかけ四つに折ると出来上がり。昭和初期のクレープである。土間のコンロの傍にちょこんと座ってみている妹、熱々のおこげを美味しそうに頬張る二人の女の子の風景は、あの高宮の駅と重なり合う遠い日の思い出の風景である。

会報244号　2016・12（77歳）

鶴翼山の夕焼け

叱られて涙をこらえながら見上げた鶴翼山は、真っ赤な夕焼けであった。わぁきれい！と12歳の少女の心は震えるような感動を覚えた。赤、黄色、オレンジ、ピンク、青空と混じり合う薄紫の雲の波に飲み込まれまいとするかのように鶴翼山は黒ずんでくる。悲しく寂しい思いでじっと夕焼けを見ていた少女は、あの夕焼け雲の向こうからいつかきっと、私の気持ちをわかってくれる優しい人が現れるに違いない、と確信した。そして、白雪姫や眠り姫のように白馬の騎士に抱きかかえられる自分を想像した。その途端、少女の体は全身燃えるように熱くなった。恥ずかしくなり、急いで家の中に入った。だが、心は明るくなり、白馬の騎士が来てくれるような美しく賢くて優しい女性になろうと思ったのであった。なぜ叱られたのか、何故悲しかったのかは覚えていないが、家の門前にぽつんと立って眺めた鶴翼山の夕焼けは、私の心から消えることのない風景である。

鶴翼山というのは、近江八幡の八幡山のことで、鶴が翼を広げたような形をしていることからそう呼ばれていた。標高271・9メートルの小さな山である。豊臣秀次の城跡があり、町は碁盤の目に道路が作られた城下町である。八幡山の麓に作られた八幡堀は、戦に備えるだけでなく、琵琶湖に通じていて運河の役割を果たし、商人の町としても発展した。私の住んでいた家からはちょうど鶴の首から広がる両翼がよく見えた。子どものない母の姉の家の養女として小学3年から中学1年までの少女期を過ごした私の故郷である。

養父は厳しかったが、すぐに風邪をひく体の弱い私をたびたび八幡山登りに連れていき、薄着や乾布摩擦で鍛えてくれた。自転車の後ろに乗せて八幡堀の付近を散歩に連れて行ってくれたりもした。

この山の中腹に禿山があり、滑り山といって、友達と一緒によく滑りに行き、また、探検ごっこなどもして遊んだものだ。麓には公園もあり桜の頃は賑わったが、私は山で遊ぶほうが楽しかった。

私が20歳を過ぎた頃、この山の頂上に秀次の菩提寺である村雲御所瑞龍寺が、京都から移築された。鶴翼山の鶴の首の部分にロープウェイが作られ、その当時、鶴の首の羽が無残にむしられたような気がして悲しかった。

昨年、小学校の同窓会で近江八幡を訪れた。住んでいた家はなく、駐車場になっていた。だが、懐かしい鶴翼山はロープウェイも山の緑に馴染んで昔のままにゆったりと翼を広げていた。

会報245号　2017・4（77歳）

遊びをせんとや生まれけん

空には戦闘機が飛んでいたが、家の前の道路は、子どもの遊び場だった。いつも10人くらいの子どもたちが集まって来て、「通りゃんせ♪」「かごめかごめ♪」「中の中の小坊さん♪」「はないちもんめ♪」「あぶくたった煮え立った♪」などのわらべ唄遊びをした。「通りゃんせ」では、最後につかまるのが本当に怖かったが、「かごめ」の時は、後ろの正面になりたかった。「はないちもんめ」では「ふみちゃんが欲しい♪」と歌ってくれるとすごく

うれしかった。
「下駄隠しちゅうねんぼ♪」で下駄、草履、靴等片方を並べて、歌いながら指さしていき、最後にあたった履物の子が鬼で、みんな思い思いのところに履物を隠して、それを鬼の子が探すという遊びもよくした。
まりつきも縄跳びも歌いながら遊んだ。「錦糸輝く日本の♪」「あんたがたどこさ♪」「郵便屋さんおはようさん、はがきが10枚落ちました♪」
遊びに飽きると垣根にぶら下がっているむかごを取った。ある時、母に「これを湯がいて」と頼んだが、「自分でしい」と言われ、がっちゃんポンプで水を汲んで洗う。まだ5歳の子どもにはがっちゃんポンプの水は出にくい。妹を抱っこした母が「もっと水だしてよく洗って」という。妹ばかりだっこしてと、私は腹が立ってポンプをガチャガチャしたことを覚えている。

そして、あのときの妹は可哀そうなときであったことを後で聞いた。妹は、3歳近くまでおっぱいを飲んでいた。どうしてもやめることが出来ず、母はおっぱいに墨で怖い顔の絵を描いたが、効き目なく、最後の手段で、おっぱいに唐辛子を塗った。妹は、大泣きをした後だったと。

家の中では、おはじき、お手玉、折り紙（薬包紙や新聞紙で）、人形ごっこ（母の手作りの人形と服）、ままごと（古い鍋や欠けた皿、畑の雑草などで）、友達とでも一人でもよく遊んだ。時々、近所の赤ちゃんのお守りを頼まれた。乳母車を押したり引いたりしながら「寝んねんころりよ♪」と歌っていると赤ちゃんは眠る。「ふみちゃんはお守り上手だから」と喜ばれ、頂いた金平糖の美味しかったこと。

夏には、みんなで連れだって犬上川の河原で水遊び、流されそうになった怖い思い出もある。

また、空襲警報の発令された夜中に近所の人たちと一緒に防空頭巾をかぶって河原に身を潜めたこともあった。ごろごろの石ころの中になでしこや月見草がたくさん咲いた河原、夕日の美しかったこと、私の原風景と言える。小1の夏、終戦。物は無く貧しかったが豊かに遊んだ思い出はいっぱいある。

会報255号　2020・8（80歳）

平和への思い

我が家の庭から（F８号　アクリル）

ペングループに入会した私は、会報の中で、社会のこと、政治のことを自分たちの生活と結び付けてしっかりと書いておられる先輩方の文章に感動した。30歳の私は、しっかりしなければとの思いがあったのだろう。初めての「女の気持ちペングループ会報」への投稿は、その時のテーマが、「70年代の暮らし」であったが、日本国憲法の「戦争放棄について」勉強して書いている。70年安保闘争など、平和を願う思いが強く、戦争を体験している会員が多かったこともあり、1970年に、『戦争を見つめて』という会報特集号を出している。その後もたびたび「戦争と平和」のテーマがあった。

また、1970〜1972年は、沖縄の本土復帰で揺れている時代でもあり、「沖縄へ本を送る会」のことを知り、代表の高井恵子さんと親交を持った。ほとんど協力することのなかった私に、機関紙を送り続けてくださった。主婦たちの地道な運動をずっと続けてこられた彼女に敬服する。幼稚園に勤務してペングループ会報にも書いていなかった頃、高井さんから依頼されて『私たちの15年・きずなを求めて』と戦後50年の機関紙『沖縄の声本土の声』に平和への思いを書いて送った。

私の憲法勉強～「戦争の放棄」について～

日本国憲法前文第二項に、

日本国民は、恒久の平和を念願し、人間相互の関係を支配する崇高な理想を深く自覚するのであつて、平和を愛する諸国民の公正と信義に信頼して、われらの安全と生存を保持しようと決意した。われらは、平和を維持し、専制と隷従、圧迫と偏狭を地上から永遠に除去しようと努めてゐる国際社会において、名誉ある地位を占めたいと思ふ。われらは、全世界の国民が、ひとしく恐怖と欠乏から免かれ、平和のうちに生存する権利を有することを確認する。

とある。

私は憲法前文にかかげたこの文章を日本人として誇りに思う。この地上全体の恒久の平和、すなわち、地上からすべての戦争をなくするということは、現在の世界情勢を考えてみるとき、あまりにも遠大な理想ではある。がしかし「……国際社会において、名誉ある地位を占めたいと思ふ」とあるように、日本はそのユートピア建設のための指導国となりたいと思う。

この理想実現のためには、何よりもまず、世界の国々が絶対に戦争をしないと決心することと戦争の手段である軍備をなくしてしまうことが必要である。そうすれば戦争はほんとうになくなるわけである。そこで、この決意のあらわれとして憲法第九条に次のように定めている。

第九条　日本国民は、正義と秩序を基調とする国際平和を誠実に希求し、国権の発動たる戦争と武力による威嚇または、武力の行使は国際紛争を解決する手段としては永久にこれを放棄する。前項の目的を達するため、陸海空軍その他の戦力はこれを保持しない。国の交戦権はこれを認めない。

「国際紛争を解決する手段としては」戦争をやめるというと、そうでない場合、すなわち、自衛のための戦争はしてもよいとの現在の政府の解釈であるが、私は、自衛戦争は正しい戦争であって、侵略戦争は正しくないという二種類の戦争があることに疑問を持つのである。憲法前文にかかげた世界平和の精神からも正しい戦争などはあり得ないし、自衛のための戦争とそうでない戦争を客観的に判別することも不可能だと思う。そして戦争はいつでもなんらかの意味で国家と国家との間の争いを解決するた

めの手段なのである。
そしてまた近年の戦争は、多くが、自衛権の名において戦われたのである。ゆえに私は、一切の戦争を放棄するという解釈をしなければ、第九条の意味がないと思うのである。再軍備説をとなえる人々は、この第九条を改正（悪）しようとやっきである。
また、戦力につい

ても、自衛のための戦力は持ってもよいとの解釈をなし、現在の政府の方針で、自衛隊がますます増強されつつある。そして、現在の日本において、人間を殺す武器がどんどん作られているのである。自衛のための軍備というけれども、もし、相手が核兵器でくるならば日本も核を持たねばそれに対することは出来ないということにもなってくる。自衛のためとはいえ、それが戦争と何の変わるところがあろうか。人を殺すことに変わりがあろうか。また、日本は核を持たず、軍備も少ないから米国に援助してもらうという「日米安保条約」も、絶対に戦争をしないと誓った日本国憲法に違反するものであると思う。

私は、この世界平和の理想をかかげた日本国憲法を誇りとし、世界中の人々に戦争の放棄を呼びかけることこそ、私たち日本人に課せられた重大な使命であると確信するのである。

「安保反対」「憲法改悪阻止」などと叫ばれている昨今、自分自身の考えをしっかりしたものにさせるためにと思い、ちょっと憲法の勉強をしました。未熟な点を補っていただければうれしく思います。

会報78号　1970・5（30歳）

幼児期を戦中に育って

第二次世界大戦勃発の年に私は生まれた。

それから小学校入学までの幼年期を私は、はげしい戦争の渦中に育ったのである。

生まれて間もなく父に病死された私は、幼いながらに父のない寂しさよりも、なぜ私の父は病気でなく、戦死してくれなかったのかと歯がゆく思ったものである。当時、父のない子は多かった。中でも父が戦死をしたという子は誇らしげにそれを語りさえした。

「クウシュウケイホウ」「ケイカイケイホウ」とお隣の組長さんの家に赤い旗、白い旗がかわるがわるかけられ、暑い夏の夜、たっぷりと綿の入った防空頭巾をすっぽりかぶせられて、乳母車に荷物を積んで、近くの川原まで、近所の人たちと一緒に逃げていった記憶もある。母がよく常会に出かけたり、モンペ姿でバケツリレーや竹やりの訓練をしたりした姿も覚えている。夜は黒い幕をめぐらし、電灯に黒い布をかけひっそりと過したのであった。

そして、白い四角い骨箱を胸に抱いて、ぞろぞろと歩いてくる人々の行列を何回か見た。

幼かった私には戦争の恐ろしさもなにもなく、ただ、そういう環境での生活、それがすべてであり、生活そのものであった。だからつらくもなく、悲しくもなく、不自由とも思わなかったのである。母は子どもに食べ物を与えるだけで精一杯であったろう。いや、母だけではなく、あの時代の大人たち殆どが幼児のことなどどれだけ考えていただろうか。そんな中で、「テンノウヘイカ」というとても偉いお方がおられること、「ヘイタイサン」は勇ましくて立派だということ、「クウシュウ」はこわいものだということがボンヤリながら私の幼い頭をおおっていたのであった。

それから敗戦後の混乱時代である。食べる物もなく、「オナカスイタ、ナニカチョウダイ」と母を困らせた日のことが、今も絵のようにそっくりそのまま思い出される。食糧をはじめ、衣料品なども「ハイキュウ」「クジビキ」であった。私はクジ運が良いといって母はいつも私にクジをひかせたものであった。私はいつも母の着物や帯で作った服を着ていた。そしてある時は、遠い遠い道を母に連れられて野草を摘みにいったり、イナゴを袋いっぱいつかまえにいったり、サツマイモのつるをわけてもらいにいったりした。

小学校へ入学しても教科書はガリ版刷りの粗末なもので、わら草履かゴム靴をはいて通学した。私は、幸いにして一年生から戦後の民主教育を受けることができたのだけれど、幼児期に、特別な教育を受けたのでもないのに、日本は敗けて弱い国だ、アメリカは強い国だというコンプレックスと、天皇は神様のような存在だという気持ちをずい分長い間持ちつづけていたのである。

あれは、小学校五年生の時であった。クラスのヤンチャ坊主の一人が「あのな、みんな、天皇陛下でもへえこかはんのやで――」といってクラス中を笑わせたことがあり、その時はじめて私は心から「天皇」の存在に不信をいだいたのであった。

環境というものは、人間形成の上に何と大きな力を持っているのであろうか。戦争の中で生まれ育った私は、知らず知らずのうちにまわりの環境を吸収していたのだと思う。もし、もっともっと戦争が続いていたらどうだろう。私は戦争のある生活を当り前の生活として難なく受け入れたであろう。そして、成長するにつれて、積極的に戦争に参加する人間になったことだろう。そう思う時、幾年もの間、戦火の消えないベトナムの人たちは、生まれた時から戦争を環境として受け入れ、戦争そのものが当り前の生活なのではないかと背筋が寒くなる思いがするのである。

幼い私の知り得なかった第二次世界大戦、太平洋戦争の歴史をひもといてみるとき、原爆を投下されるまで目覚めることを知らなかった日本の軍国主義、全体主義の醜さを今も世界の前にはずかしく思うのである。

ドイツのナチス、イタリアのファシストのように、日本もまた、民主主義と政党政治を名実ともに否定して一国一党をなし、報道機関は勿論のこと、映画の製作、著述、演劇、学問まで思想の統制をはかり、政策に合わないものは排斥され、学校教育も、偏狭な愛国心をつちかい、全体主義、軍国主義の道を行ったのであった。そして、国民は底なしの泥沼に入り込むような戦争のために、軍費と物資を費やし、経済生活に苦しみつつ、精神生活の自由もなく、お国のため、天皇陛下のためにと、愛国心のもとに働き、戦っていたのである。

「愛国心」とは何だろうか。今もさかんに修身復活、国防教育と幼児期から「愛国心」なるものを植えつけるべく教育が方向づけられようとしている。国旗に親しむことによって愛国心を盛り上げるという説もある。けれど、「国」というのは、領土、領空のことではなく、個人個人の人間の集合体であり、個々の人間なくして「国」はあり得ないのである。

だから私は、「愛国心」というのは、「国」というまぼろしを愛することではなく、社会の人間を愛することだと思うのである。

国を立派にすることとは、決して、他の国を侵略し、領土を広げ、支配権を持つことではなく、また、経済成長をすることだけでもなく、個々の人間の中身を向上させることであり、社会のすべての人々が幸せに豊かに生活することができるということではないだろうか。

しかるに、戦後二十五年、今の社会をみるとき、本当に国民を愛する政治がなされているだろうか。社会福祉充実に、公害防止に、もっともっと力を入れる政治をしなければならないのに、他国からの侵略にそなえて身構えるように自衛隊がどんどん増強されつつある現状はどうであろうか。真の平和、人類すべての幸福を願う人たちが政策に抗議すると、たちまちにして機動隊にとりかこまれる現状はどうであろうか。再び、あやまちの歴史をくりかえさないように、私たちは真に国民のための政治をしてくれる人をみきわめて代表に選び、そしてその人がどういう政治をしているかということ、真実を知る努力をおこたってはならない。教科書検定を裁判に訴えたのは、家永教授ただ一人であってはならない。私たちは「ものいわぬ大衆」であってはならないのだ。二度と戦争を起こさないために――。

会報特集号「戦争をみつめて」1970・11（31歳）

隣人愛と平和

戦後二十七年、平和憲法のもとに復興の道を歩んできた日本が、「歴史は繰り返される」のジンクスに忠実たらんとするかのごとき今日、また、文明の進歩が残した種々の公害、汚染の中で「平和とは何か」を考えるのは意義深いことと思う。文明の進歩すなわち人類の進歩でないことは、ちょっと周りを見まわせばすぐにわかることである。聖書をみるとき、二千年前に書かれた聖書の背景である社会を含めて、書かれている言葉の一つ一つが今なお生きていることを痛切に感じ、人類は少しも進歩していないと思うのである。

「すべての人々が仲良く幸福に生きる」ということが「平和」だと私は思う。そして、人類の進歩とは、「平和」に向かって歩むことだと思う。すべての人々が仲良く――

それは、「わたしがあなたがたを愛したように、あなたがたも互いに愛し合いなさい」（日本聖書協会『新共同訳 新約聖書』ヨハネによる福音書13章34節）というイエスの言葉によって聖書全体をつらぬいている隣人愛の精神なくして成り立たないであろう。

互いに愛し合うということは、決して、おせっかいに世話をやくということではない。お互いの人格を尊重することであり、つねに相手の自由をうばわないように努めながら助け合っていくことだと思う。今の世の中で何が欠けているかといえば、その一番根本となる「隣人愛」だと私は思う。隣人というのは隣の人であるけれど、遠く離れて住む人も髪の毛、はだの色、言葉の違いをこえて、すべて隣の人と考える。すなわち、人間はみな兄弟であるという考えである。「すべての人間が愛し合う」、この中には絶対に戦争はないのである。どこの国に住む人もどの人類もみんな生命をもった人間であり、人間とは生命がすべてであることをしっかりと認識したならば、人間である限り、自分の生命も他の人々の生命もいかに大切であるかわかるであろう。野の花が自然に枯れていき、そして、決して根は枯れないで又、新しい芽をふくのをみるとき、枯れるまで咲き続ける生命の強さ、けなげさを尊く思い、生命をいとおしく思うのである。言いかえれば、すべての人々が枯れる日まで共に精いっぱい咲きつづけることが隣人愛であり、平和であると思う。自分の利益のためには他の人はどうなってもいいという気持ち、弱肉強食の世界が人間界にある限り平和はない。戦争は人間が野獣化したものだと思う。恐ろしい、むごい、悲しい、おろかなことだと思う。人間の歴史の中で大なり小なり戦争が続いてきていることを思うとき、人間が愛し合うことのむずかしさを思う。様々な思想を持った人々が、様々な理想を追いつつ共存していくことは、本当にむずかしい。

だが、自分の思想が絶対だというごう慢さを捨てて、お互いの人格を認め合いつつ、隣人への思いやりを忘れず何事も分かち合っていけば平和な社会がつくり出せるのではないだろうか。とはいっても神ならぬ人間である限り、思いやりのつもりがおせっかいであったり、表現力の乏しさから誤解を招き感情的に摩擦を生じたり、まず一番に自分の利を考えたりすることは、自分の日常の生活を振り返ってみれば数多くある。けれども「人の生命」の大切ささえ忘れずにいたならば、自分のしたことに反省もし、一段と向上するように努力もし、決して戦争など起こらないと思う。

ただこれだけの単純なことなのに、どうして世界にまだ戦争が続いているのだろう。それはこの、言葉にすれば簡単な「隣人愛」が行なわれないからだ。沖縄の基地の中にも、ピカピカ光る十字架がそびえていることを聞いたとき、私は、愛は（平和は）祈るものではないのだ、行なうものなのだと思った。

口々に平和論を唱えるだけでは騒音としてかき消されてしまうのではないだろうか。隣人同士の連帯という行動があってこそ一つの大きな声になるのだと思う。

だが、こう書いてきて、私はただ観念としての平和論しか書けない自分の甘さを知ってはずかしく思う。平和、隣人愛と言っている自分は、茶の間で食事を楽しみながらテレビの画面にベトナムの戦場や、インドの栄養失調の子どもたちを見ている自分なのである。公害、公害といいながらも、仕方なく公害食品を食卓にのせ、公害のもとである文明の利器を使用し、洗剤のあわを流している自分なのである。隣人愛――「愛は行なうものである」――この言葉をしっかりと胸にきざみ込んでこれからの私の生きがいにしたいと思う。そして、子どもたちに生命の尊さと他への思いやりの心を示し、教える母親でありたいと思う。

会報91号　１９７２・７（32歳）

戦争をくりかえさないで!!

テレビでみるイラクの戦場……日本人にもついに犠牲者がでた。自衛隊という名の軍隊が、人道支援という名のもとに銃をもってイラクの戦場へと入っている。

これが、戦争に参加しているのではないと、どう区別がつけられるのか、しかも、本当にイラクの人たちが望むような支援ではないという。

いつの世の戦争でも、罪のない女や子ども、老人が痛めつけられ泣かされる。テレビや新聞の報道写真で爆撃に傷ついて泣いている幼児や、乳飲み児を抱いた傷だらけの母親の写真をみたり、戦争体験文集を読んだりするたびに、戦争のむごさ、悲惨さに涙する。

今、アメリカ兵によるイラク人捕虜の虐待が報道されたが、戦争で人を殺し、殺されるのを数多く体験すると、人間の精神は麻痺してしまうのだと思う。

『夜と霧』というドイツ強制収容所の体験記録によると肌にすばらしい入れ墨をしている者は、注射で殺され、皮膚をはがされた。そしてそれは、司令官の妻に下げ渡され、彼女はそれでランプの傘や、ブックカバーや手袋をつくったというのである。戦場（収容所）では、サディストが好まれ、サディスト的な行為に無感覚になってしまうのだという。かつて、日本軍隊も「南京大虐殺」という歴史上に残る恥ずべき行為をしたのである。

ベトナム戦争の後遺症、今なお地雷の危険におびやかされ、手足を吹きとばされた子どもたち、目の前で親を殺され、心の傷の癒えない若者、日本でも今まだ原爆の後遺症に苦しむ人もいる。沖縄の戦場も悲惨であった。

多くの人々を殺し殺され、痛めつけられ、飢えと恐怖におびえ、大地を破壊した戦争……センチメンタルな理由といわれようとも、戦争は絶対にしてはいけない。

核兵器、ミサイルがつくられている現代、アメリカと北朝鮮にはさまれた日本の立場は、世界平和のため、中立を守り、国連の力をより強力にするためにこそ、出来る限りの支援をしていくべきだと思う。

今、日本の政治をみるとき、見た目はスマートでかっこよく、パフォーマンスのうまい役者風の小泉首相。なぜか、首相に真っ直ぐにものを言う人、真剣に「平和」を考えている人たちが排除されていっているように思えてならない。（国民が、もっともだと思うような、本筋からはなれた理由ではあるが……）

独裁者的な権力をつくらないこと、言論や報道の自由を守ること、教育において、世界平和と生命の大切さを子どもたちと共に親も教師も学んでいくことが、再び戦争をくりかえさないように私たち今を生きる者の大切な使命だと思う。

東南アジアからの留学生たちに逢ったとき、「日本が好き」というので、「日本のどんなところが好き？」と聞いてみた。「日本は平和の国だから好き」という。「平和憲法」のある国だからということである。憲法第九条の戦争放棄はもちろんのこと、前文②の「われらは平和を維持し、専制と隷従、圧迫と偏狭を地上から永遠に除去しようと努めている国際社会において、名誉ある地位を占めたいと思う。われらは全世界の国民がひとしく恐怖と欠乏からのがれ、平和のうちに生存する権利を有することを確認する」ということをしっかり心にとめたい。この憲法を誰がつくったかなど問題ではない。戦後六十年近く守りつづけ〝日本は平和の国〟と世界に誇れるようになったのである。こんなすばらしい憲法は世界の憲法にしたい程である。この憲法をこそ武器にしたいと思う。

太平洋戦争の終結した日、爆撃機の飛ばない青空と、焼けただれてはいても、もう逃げまどうことのない大地を、どんなにかいとしく思ったことか――。

水と緑の豊かな大地を大切に守り、生命を育くんでいこうではないか。天災との戦いは、いやがおうでもやってくる。科学や文明もほどほどに地球や人類の生命のことを考えねばならない。地球そのものの生命があやぶまれている今日、戦争など何とおろかなことであろうか。

平和を維持していくためには、戦争する以上の大きなエネルギーと、その結集が必要なのだということを今の若者たちに叫びたい。平和の国に生まれ育った若者たちに――。

子や孫を戦争で死なせたくない。

会報211号　2004・8（64歳）

〝世界の平和〟あってこそ

今回の特集テーマ〝守りたいもの守るべきもの〟に出会ってから私は折にふれ考え込んでいた。守りたいもの、それはこの小さな家庭、娘たちの家族、孫とのきずな。夫と二人で一生懸命働いて建てた我が家と畑、夫の両親が守ってきた田舎の家と畑、ああ、そして今、目の前に見える二上山、葛城山などの山並み。青い空、緑の木々、小鳥のさえずり、家々の屋根が向こうまでずっと続いているおだやかなこの風景……。

この小さな幸せを守りたいと思うのはエゴだろうか。

かつて、家族を守るためと信じて、戦場へおもむいた若者たちが大勢戦死した。私はこの夏の家族旅行で、知覧特攻平和会館を訪れ、特攻隊員の遺書を読み、10～20代の優秀な若者の立派な筆跡と文章に感無量。この若者たちが、生きて別の方法で家族を守ることに力をつくしていてくれたならば……と思わずにはおれなかった。

そして、日本の各地は空襲で焦土と化し、原爆の被害に遭った。また、阪神淡路、東日本と大震災を経験し、原子力発電の事故も経験した。今も世界のあちこちで戦争が絶えない地球上で、日本こそが、これらの経験を活かし、世界平和という大きな視野にたって世界をリードしていく立場にあるのではないだろうか。

北はロシアが主張する北方四島（歯舞、色丹、国後、択捉）、韓国における島根・竹島、南は尖閣諸島の領有権を巡って中国、台湾とも対立関係にあり、沖縄には米軍垂直離着陸輸送機オスプレイが配備されるという。戦後65年を経ても、きちんと解決されていなかった問題が噴出してきた。

戦後の復興を、経済成長にとらわれすぎていたのではないだろうか。政治家ではないから言えるのかもしれないが、私はこの世界から軍隊と原子力発電を無くしたい。

小さな家族の幸せを守るために、生活の格差を無くし、「社会福祉」と「防災」に力を入れる政治を願う。

宇宙から見た地球は青くて美しかったという。

結局、私の守りたいものは、とてつもなく大きいもの、地球であり、宇宙であることに思い至った。

だが、そのために私ができることは小さい。

小さい声だが「平和を守ろう」と言い続けよう。

「戦争はやめよう」と伝えよう。
そして、美しい地球の自然を守るために、家庭のゴミ処理や、資源のムダ使いをしないなど、小さな心配りをするようにこころがけよう。

会報232号　2012・12（73歳）

戦争体験文集発刊にあたって

奈良県内のあちこちに第二次世界大戦の傷跡が残っていることが、毎日新聞の奈良版で15回にわたって連載されました。行ったことのある場所や知人の写真もあって、とても身近に感じ、戦災当時の様子に思いをはせると胸が痛みました。神社仏閣などの文化財の多い京都や奈良は空襲に遭わなかったと聞いていたので、驚きでもありました。

そして、そのような戦争を体験した人が、だんだんと年老いて亡くなっていかれることを思うと、今、書き残して、語り継いでいかなくてはとの思いでいっぱいになりました。戦時中、私はほんの幼い子どもでしたが、今の子どもたちの豊かな生活とはまるで違いました。栄養失調で亡くなった子どももたくさんいたのです。思い出すのもつらくて書けないという人もいるほど惨めな日々だったのです。

女の気持ちペングループでは、1970年に『戦争を見つめて』、1974年に『30年目の記録』の戦争体験文集をだし、会報の「特集」でも戦争と平和のテーマを3回取り上げています。それらをまとめて2007年には『女の気持ち　戦争特集』を出版しています。

つい最近（11月17日）、東京都赤羽の住宅街に近い土手で米国製の不発弾が発見されたとのニュースに接しました。重さ1トン、当時としては最大級で、建物を破壊するのに最適な種類の爆弾であったとのことです。今でも年平均1400〜1500個の不発弾が見つかっているそうで、戦争の恐ろしさ、消えない傷跡を思い知らされます。

現代では、無人爆撃機を遠隔操縦してパキスタンやアフガニスタンの何の罪もない民間人が犠牲になっているとのこと、また、センサーで敵を感知し、追跡して自動的に殺傷するロボット兵器の開発も米国などで進んでいるともいわれています。原爆が投下され、今また、原子力の平和利用の名のもとで建設された原子力発電所の事故で多くの犠牲者を出している日本です。

この文集の編集中に国会では「秘密保護法案」が強行採決されました。「戦争の足音が聞こえる」と危惧されています。

ここ奈良の地に住むおばちゃん（おばあちゃん）たちが、一文字一文字に平和への祈りを込めて書いた、つたない体験文です。戦争を知らない若い人たちに読んでいただき、戦争とは何か、平和とは何かをよく考えて、幸せな未来を築いてほしいと願っています。


戦争体験文集「平和への祈り」２０１４・１（74歳）

私がちいさかった頃

昭和14年私が生まれた時、日本はすでに戦争をしていた。

2歳の頃、真珠湾攻撃、米英に宣戦、太平洋戦争が始まり、幼児期は戦争のさなかで育った。「警戒警報！」とメガホンを口に当て大声で知らせに回るおじさんが走って行った。しばらくすると空襲を知らせるサイレンが鳴り響く。夜空を戦闘機が唸りを立てて飛んで行った。「B29だ」「大阪が焼けた」と大人たちが言っていたのを覚えている。滋賀の田舎町に住んでいたので大きな戦災には遭わなかったが、近所の家に焼夷弾が落ち、天井にぽっかりと大きな穴が開いて焼けていたのを見た。

家の窓には紙を貼り、電灯には黒い布をかぶせて明かりが漏れないようにひっそりと暮らしていた。家にある鉄なべや釜など金属類は全部持っていかれた。飛行機や爆弾になるとのことであった。

ある時、妹と道路で遊んでいると、飛行機が低空を飛んできて兵隊さんの顔が見えた。「飛行機のおじちゃん！」と手を振った私たちに、ババババーンと爆音が返ってきて、ビックリして家の中に入った。敵か味方かもわからない幼い私であった。来年からは小学校に行くという頃、近所のお姉ちゃんと一緒に田圃へイナゴをとりに行った。新聞紙で作った袋にいっぱいイナゴを捕まえて、それを佃煮にして兵隊さんに送るため学校で集めているとのこと。「兵隊さんはこんなもの食べて戦争してるの可哀そうやな」と思い、子ども心にも日本は戦争に負けると思った。「なんで戦争なんかするんやろ、やめたらいいのに」といった私に、お姉ちゃんは「そんなこと言うたら、憲兵の怖い人に連れて行かれるで。言うたらあかん」と厳しくたしなめた。私たちも食べるものは乏しく、団子汁やサツマイモ、芋の蔓、山野草などを食べていた。一つの卵を3人でわけて麦ごはんにかけるのが最高のごちそうであった。ある時、米びつが空っぽになっていて誰かに米をとられたと母が嘆いていたことがあった。

間もなく、広島、長崎に原爆が投下され、8月15日の終戦を迎えた。戦闘機の飛ばない青い空、空襲のない、明かりのともった家、子ども心にもほっとしたものだ。

小学校に入学したが、教科書は近所の人のお古で、黒い墨であちこち消されたものであった。兵隊さんとか、軍国主義に関係するものは全部消されたのである。先生の手づくりのガリ版刷りのものもあった。運動場はサツマイモ畑になっていて小さい私たちも草取りなどをした。頭にはシラミがわき、布団や衣服には蚤が付き、お腹には回虫がいた。学校では定期的に、ＤＤＴという白い粉を髪に噴射され、まくりという煎じ薬（苦くて臭い）を回虫駆除のため飲まされた。そしてアメリカから支給された脱脂粉乳を与えられて、どうにか健康に育った。

衣服や食物なども配給、くじ引きであった。米など配給だけではとても足りず、闇屋（担ぎ屋）と言って、農家に米を買いに行くおばさんたちが大きな袋を担いで電車に乗っていた時、それを警官が捕まえて米を取り上げているのを見たことがある。

雨の日、私は傘がなくて、近所の友達に入れてもらって学校へ行っていた。2年生の時、クラスに1本、傘の配給があり、「はい！　はい！」と手を挙げて前へ飛び出していった元気な男の子がもらい、後ろの方で背伸びしながら手を挙げていた私に先生は見向きもしなかった。公平にチャンスをくれなかった先生を嫌いになった。とても悲しく、悔しい思いがした教室の一コマを今も絵のように思い出す。3年生の時、ゴム靴の配給があり、足が蒸れてぬるぬるして歩きにくかったのを覚えている。

4年生の夏、私たちは〝ぞう列車〟に乗って名古屋の東山動物園に象を見に連れて行ってもらった。蒸気機関車の客車の窓にはきれいなフリンジの飾りがついていてとてもうれしかった（後で聞いたところによると、その車両はお召し列車の一部であったとのこと）。食料がないのと、空襲で猛獣が逃げ出すのを恐れてほとんどの動物が毒入りのえさを与えられたり餓死させられたりした動物園で、飼育係の努力によって2頭の象が生き残った。それを全国の子どもたちに見せようという国鉄や名古屋市の計らいであったと聞く。

そうして私たちは平和と民主主義を学んできた。

知人の松田朝子さん（79）は奈良県生まれの奈良県育ち、昭和16年に国民学校に入学されたとのことなので体験をお聞きした。

開戦の記念日、12月8日は戦勝を祈願するために官幣大社に全校児童が参拝に行きました。神主さんが巻物に書かれた祝詞《のりと》を読み上げられている間、私たちは頭を下げて戦勝を祈ります。寒い季節、風邪をひいていても鼻もかめない、すすることもできないのでした。その時の弁当は日の丸弁当（白ごはんに梅干し一つ）でないといけませんでした。戦争の初めごろはまだ白いご飯でしたが、麦ごはんになり、サツマイモなどの代用食になりました。そのサツマイモは、今のように甘くておいしいものではありません。たくさん取れる味のないものでした。

奈良県は史跡も多く、主要都市でもないので爆撃はされないと聞いていました。昭和20年になってから、学生も動員されて奈良盆地の東方、天理市に柳本飛行場が作られました。そこには戦闘機ではなく、練習機が置かれていました。それは一般に「赤トンボ」と呼ばれていて、2枚の羽根で機体が赤色でした。ある時、B29が大編隊を組んで北西方向に向かって飛んできました。大阪市を攻撃するためでしょう。その時、柳本飛行場の方から「赤トンボ」が1機、B29に向かって飛んでゆきました。B29にすぐに攻撃され、「赤トンボ」は煙を吐いてキリキリ舞いしながら落ちていきました。あっという間でした。あの「赤トンボ」は何でB29に向かっていったのか…と思いました。またある時道を歩いていると急に、乗っている人が見えるほどの低空を戦闘機が飛んできました。「これはグラマンという敵の飛行機だ」と、直感したので反射的に溝に飛び込んで伏せました。この時の怖さが脳裏に焼き付いて、大人になってからも機銃掃射をされている夢を見てうなされるのです。

戦争は恐ろしいものです。


戦争体験文集「平和への祈り」２０１４・１（74歳）

『平和への祈り』を発行して

戦争体験文集「平和への祈り」が出来上がった。ペングループ奈良会のチームワークを誇らしく思う。県内の図書館や学校に贈呈したので、多くの人たちに読んでほしいと願っている。

70代後半から80～90代の人たちの体験は、本当に生々しく、機銃掃射を浴び、すぐ近くにいた人が撃たれ、町中が火の海となり、命からがら逃げ惑ったことなど、まるで地獄絵の一場面のようである。そして、戦中戦後の物資不足の貧しい時のこと、中国からの引き揚げの信じられないような苦労や広島での原爆など、実際に体験した人たちの言葉でつづられた文集は、戦争が愚かでむごいことであること、傷つき死んでいった多くの人たちの無念、わずか15歳で兵士となり戦死した子の母の思いなどを代弁しているともいえる。

そしてまた、純粋な乙女を軍国少女へと駆り立てていった「教育」の恐ろしさを思う。

先日、旅仲間とランチに行った時、この文集を見せた。するとAさんが「私も北朝鮮から引き揚げてきて……」と、その時小学校5年生であった自分の体験を話してくれた。長い付き合いなのに、初めて聞く悲惨な話であった。「もう二度とあってほしくない」と、うつむいた彼女の目はうるんでいた。

今の政治や社会の動きから、あのころに逆流するのではと不安に感じつつ、何もできないが、この文集が小さなきっかけとなって、子どもたちの未来が「平和」であることを祈りたい。

「みずぐき」2014・3・7（74歳）

戦後70年に思う

奈良会で、『平和への祈り』という戦争体験文集を発行したのが、戦後68年、そして、その感想の手紙などを集めた『平和への祈り・その2』を作ったのが、戦後69年、そして今年戦後70年となる。平和な時代が70年続いてきたことは本当に尊く、ありがたいことである。それは、戦争の悲惨さを知る世代が、戦後の復興に力を尽くし頑張ってきたことと、平和憲法に守られてきた賜物であると思う。

しかし、昨今の世界情勢は、悲惨な戦争やテロ、日本への攻撃的な態度も垣間見えるとあって、日本を再び「戦争のできる国にしよう」と、安倍首相が叫んでいる。そして、憲法九条「戦争の放棄」の条文を変える準備が進められている。反対する人も多いが、賛成する人や、何も考えない人、わからない人、どうでもいいと思う若者もいるのが現状である。どうしたら戦争に参加しないで、平和を守れるのか？　過去の過ちをしっかりと反省し、再び戦争を繰り返さない決意を持って世界中の人々に「戦争はやめよう！　戦争のない地球にしよう！」と叫ぶしかないと思う。戦争の悲惨さ、愚かさを知り尽くした日本だからこそいえることだ。

文集『平和への祈り』の戦争体験者の声を一部ここに記したい。

当時20歳のMさんは、きりもみ状態で太平洋に落ちる米軍機を見て、手をたたいて喜んだという。そこに乗っている人が死に、その家族がどんな悲しい辛い思いをするか考えもしなくて……「戦争とは人の平常心を失わせる恐ろしいものです」と。17歳だったKさんは天王寺駅で空襲に遭い、天王寺公園の大木の陰に逃げ込んだ。群れを成してやってくるB29の爆撃、あちこちが火の海、炎と黒煙、無残な姿で倒れて動かない人、血に染まって苦しむ人、身も心も動転した修羅場を思い出し涙する。「もう二度と家を焼かれ、人を殺し合う戦争だけはしないで……」と。

また、小学校5年生だったYさんは、正義の戦いであり、日本は神国で勝つという先生の話を信じ、洗脳され、軍国少女として成長したという。しかし今、平和な世の中で生きていける幸せをかみしめながら「戦争は絶対あってはならない。いかなる理由があろうとも戦争はこの世の最大の悪である」と。

その他にも、少女時代の疎開先での苦労、粗食に耐えながらの学徒動員、中国からの引き揚げの苦労、息子を戦死させた母の思いなど……『憲法九条で戦争放棄したことが一番うれしかった』『子や孫たちの将来に決して戦争があってはならない』と強く訴えている。

会報240号　2015・8（75歳）

沖縄出身の若い主婦を囲んで（1970・12・13　奈良会例会）

毎日新聞（45・7・6）家庭欄に掲載された「台所から見た沖縄」が女の気持ちペングループ奈良会で話題になり、私たちに何かできることはないか考えてやってみようということになっていた。しかし、私たちは「沖縄」をもっともっとよく知ることからはじめなければならない。そこで、その手がかりとして沖縄で16歳（高卒）まで過ごされ、現在、大阪市にお住まいの一児の母である若い主婦、畑いつ子様に、ふるさとを語っていただいた。

沖縄の人々の生活

沖縄の女性は働き者である。働くことに喜びと誇りを持っている。それだけに男性は消極的に見え、女性の方が強いように思う。そしてこせこせしないのんきなところがあり、お人よしが多い。

人々の生活は基地を切り離して考えることはできない。基地のために土地を奪われた人々は、基地で働かざるを得ないし、また、基地の米兵相手のバーやキャバレーで生計をたてている人々は、基地の有無が直接生活にひびいてくる。それだけに沖縄の人々は生活即政治であり、政治への関心は強いと思う。「デモ」などは日常生活のひとこまであり、高校生時代でも先生が「今日はどこそこでデモがあるから行きたい人は行きなさい」とか、「今日は立法院議会の傍聴に行くから自習していなさい」とか言われた。那覇などの基地から離れた町では、米兵に出合っても、親しく英語を教えてもらったりという情景であるが、嘉手納基地では、ベトナムの戦地から帰ったばかりの兵士たちが多く、その周辺では、なんとなく危機感があり、タクシーの乗り逃げ、乗っとりなどもよくあるという。

その他本土からの輸入品を定価をはるかに上廻った値段で円をいちいちドルに換算して買うわずらわしさがある半面、沖縄には専売公社がなくてタバコなどどこの店でも買うことができ、たいていは、一つの店でなんでも買い揃えることができるので、本土にきて、米は米屋、塩は塩屋ということに戸惑ったという。

○社会福祉方面

これについては、一部の奉仕団体にまかせっきりの状態で、健康保険もなく、ごく一部では現金給付方式で医師の領収書をもらって後で給付を受けるが、医者にかかるには多額の金が必要でありその上医師も少ない。

また、沖縄には非行児が多い。混血児が多く、米兵相手のバーやキャバレー街で育つ子どもたちをみるとき、それは無理からぬことのように思われる。少年院や保育所もあるが、勿論、数は少なく先生も設備も少ない状態である。

○教育について

教育委員は公選制であり、教科書は本土と同じものを使用している。郷土の歴史を学ぶとき、沖縄がどうしてこうなったか、ということの中に「戦争」があり、それをつきつめてゆけば自然に平和教育へと結びついてくる。

安保特設教室が政府に受けいれられなかったけれど、安保について賛成反対でなく勉強するのは良いと思うが、政府が反対するのはやはり自信がないのではないかと思う。

最後に本土への希望をたずねたところ、「今のままの状態での復帰ならばしない方が良い。沖縄の人々は日本人としてのレッテルがほしいだけではないし、基地付き復帰は日本に基地があるのと同じことになるのだから」と結ばれた。

その後、私たちの奈良会に特別会員としてお迎えしたシスター木村の友人で沖縄の施設で働いておられる方からのお便りを読ませていただき、私たちの気持ちをそうした方面に物質面で援助することによって表わすことも皆で話し合ったが畑さんからの助言もあり、なによりもまず沖縄の人々とのつながりを持つことに努め、沖縄のことをもっと勉強しなければならない、次回も「続沖縄」といきましょうとの結論になった。

会報84号　1971・5（32歳）

私の中の沖縄

「沖縄」が私の心に住みついたのは、二、三年前、テレビで「沖縄の勲章」というドキュメンタリーをみたときであった。しわの深さにその苦しみが刻み込まれているかのような老婆の、じっと一点を凝視するような表情からはき出された「アメリカ兵より日本の兵隊さんの方がこわかったですよ。自分たちの食べるものがないといって、島の人たちを情け容赦もなく殺したのですからね」という声が私の心を離れない。そして、その悲劇の島に、ちょっとした外国旅行の気分が味わえるなどといって声高らかに笑い声をあげながら、観光旅行にやってくる日本人の群れが画面に現われたとき、私は、いいようのない怒りと恥ずかしさにふるえを禁じ得なかった。

　太平洋戦争で、島全体が戦場と化し、少年少女までもが戦い、集団自決を強《し》いられ、廃虚となったあと、それほどまでにお国のためにと戦った沖縄に対して、日本という、「お国」は一体何であったのか。講話条約によって沖縄は米国施政権のもとに、またもや犠牲を強《し》いられたのである。それは、古くからの民族差別の意識があったからこそ沖縄は軽視され、差別され、しいたげられてきたのだと思う。島の約半分の豊かな土地を金網で囲われ、基地として取られ、わずかに残った荒地を耕やし、戦争は二度とごめんだと思いつつも生活のために基地労働者となり、細々と生きてきた沖縄の人々。苦しみを秘め、唇をかみしめ、黙々と働き、身体中に平和への願いをみなぎらせ、スクラム組んで立ち上がろうとしている沖縄の人々。その人々の中へ、その真剣な熱気のこもる中へ、よくもまあのうのうと遊びに行けるものだと思う。ましてや沖縄の人々にその犠牲を強《し》い、苦しみを負わせたのは自分たち、日本人なのである。私は、民族意識というのは持たないほうが良いと思っている。人間はすべて同民族、世界民族だという考え方に賛成である。しかし、沖縄の人々を琉球人として差別し続け、その途方もない犠牲の上に今日の日本があり、その恩恵に浴して生きてきた者としてみるとき、私は日本人に他ならないのである。

それからしばらくして、毎日新聞の家庭欄に「台所からみた沖縄」という沖縄へ転居していった主婦の手記が載った。それによって私は、沖縄が温かい人情味にあふれ、公害に汚されないかわりに、非常に貧しい島であることを知った。そして、もっともっと沖縄のことを知りたいと思い、沖縄のために何かせずにはおられないような気持ちになったのである。

そんなとき、沖縄出身の主婦Hさんと知り合い、グループの奈良会に来ていただいてお話を聞いたりした。そこで私に分かったのは、彼女が何の苦悩もなくふるさとを語り得ないということ——戦後生まれの若い彼女だけれど痛々しいほどに沖縄の苦悩を背負って育ってきたのである——沖縄の婦人が米国人の運転する車でひき逃げされ、ひき逃げした米国人が無罪になったという事件に対しての彼女の怒りが、私のそれとはくらべものにならないものであったこと、物質文明の貧しさなどは大して問題ではないのだということ、金網で囲われた基地を見ながら育った彼女が、戦争を憎み、平和を望む強い気持ちを持つことは当然であり、それは沖縄のすべての人々にいえることだということであり、沖縄の人々の最も望んでいることは、戦争を放棄した憲法第九条のある日本に復帰することだということである。

ところが、強行採決した沖縄返還協定は、沖縄の人々の心を受け入れていない。そればかりか返還後、沖縄の人々がかつて銃をつきつけられてむりやりに取り上げられた土地に自衛隊を配備する準備が着々と進められている。『母の友』（福音館書店）に連載の「沖縄県からの手紙」で森口豁氏は、第三の琉球処分として「沖縄は〈復帰の内容に不満〉とする。国は聞く耳を持たず〈復帰〉を押しつける。これを〈処分〉ではないとだれがいい得るか」と書いている。沖縄が返ってくるというのに何故反対するのかという人たちも多い。国会中継で野党議員が「沖縄という土地や施政権が返ってくるのではない。沖縄の民衆がかえってくるのだ」と力説していたが、その沖縄の民衆にとっては、軍事基地がなくなり、軍隊がいなくなり、土地がみずからの手へもどってくることが復帰なのである。

沖縄の人々のするどい反骨の精神とそのたくましさ、平和への強い意志をみるとき、私は彼らがそうならざるを得なかった境遇を思い、胸をしめつけられるのである。

沖縄へ本を送る会を作って、沖縄への理解の輪を広げるために頑張っているTさん、キリスト教会を通して沖縄の施設に色々と物資を送っているSさん、家庭で沖縄学習会を開いたりしているHさん、皆、それぞれに何かせずにはおられない気持ちなのだろう。その方たちに敬服しながらも、まだまだ勉強不足の私は、今何をすればよいのか分からないでいる。

だが、何よりも大事なことは、沖縄の人々を見習って、共に手をとり、確固たる反戦思想を身につけることによってのみ許されるということではないだろうか。そう考えるとき、こと沖縄に限らず本土においてもいたるところでよく似たことが起こっているという事実に、しっかりと目を見開かなくてはならないと思うのである。

会報89号　1967・3（32歳）

私の十五周年

「沖縄へ本を送る会」がもう十五周年を迎えると聞いて、月日の流れに唖然とし、自分自身を思わずふりかえってしまいました。

機関紙を送っていただく度に、よくがんばっていらっしゃるな——私もがんばらねば——と、はげまされてきたものです。

沖縄の本土復帰が決まり、皆が、沖縄、沖縄とさわいだ頃、私も胸いっぱいに沖縄を思い、平和を思い、何かしなくては——という思いにかられたのでした。けれど、行動力のない私は、結局、何も出来ずじまいで、「沖縄へ本を送る会」の皆様の純粋な思いと行動力に感動し、自分を恥じる思いでいっぱいです。

さて、思い返してみますと、私の十五周年は、幼稚園教諭の免許を獲得する努力からはじまって、ただひたすら幼児教育にとりくんできたことといえるでしょう。

絶対に戦争をすることのないように、人間が人間を差別することのないように、平和を愛し、人間を愛する人間に育つようにとの、私なりの根本精神を持ちつづけてきたつもりです。

今の幼児たちの遊ぶ姿をみていますと、不安なこと、心配なことがいっぱいあります。紙面の都合で、とても書きつくせませんが、幼児たちの中に、今の大人社会がそのまま写し出されているのです。

欲求不満のはけ口としての弱い者いじめ、過剰な競争意識、優越感、劣等感、情緒的に問題のある子がふえています。自殺ごっこ、戦争ごっこなどみると悲しくなってきます。「死ね」という言葉を簡単に使います。

そんな中で、本当に悲しいこと、うれしいこと、楽しいこと、優しいこと、美しいことのわかる子に育ってほしいとの願いをこめていろんな話を聞かせたり本を読んだりしています。先日も、美しい秋の自然を舞台に、私の作ったつたない童話をテーマに、共同製作をして作品展をしました。その童話が、タイプ印刷にでも出来れば読んでいただきたいと思うのですが――。

「本」は、子どもたちの成長にとても大切な栄養になるものです。

皆様のご健闘をお祈りしています。

「沖縄へ本を送る会」〝きずなを求めて　私たちの15年〟1985（49歳）

人と人との豊かなかかわりを

思いがけず高井さんからお電話をいただきました。しっとりと落ち着いた口調からお顔やお姿を想像しながら、なつかしさいっぱいの気持ちでした。

　思えばただ一度だけお逢いしたことがあり、それはもう二十年余りも前、わが娘が幼い頃でした。沖縄本土復帰、七〇年安保など世の中が揺れ、子育て真っ最中のパワーあふれるあの頃の私……。一喜一憂しながら日本の平和、世界の平和に一主婦が出来ることは何かと、子連れでいろいろな勉強会に出かけたり、「女の気持ちペングループ」に入会し、ペンの武器もあるぞといわんばかりに燃えていた純粋な私……。高井さんから「沖縄へ本を送る会」へのお誘いをいただいて、勇んで出かけたのでした。「ひめゆりの塔」の映画でしか沖縄を知らない私でしたが、高井さんのお話を聞いて、単に慈善事業的なことでなく、沖縄の人たちと本土の人たちのかけ橋となりたい、自分たちの生活の場を戦場にされ、眼前で肉親、友人、知人を戦火のえじきにされた沖縄の人たちの思いを少しでも共有していきたい、ということに大きくうなずいて、もっともっと沖縄のことを知らなくては……と思ったのでした。

　けれど、結果的には、高井さんから送られてくる機関紙を読ませていただくことが、私にとって沖縄を知るただ一つのよりどころとなってしまいました。

　よく続けていらっしゃる、続けることこそ大切と、ただ感動するだけの私でしたが、身近な小事に心を痛めているときなどに機関紙が届くと、何かしらホッとし、小さなことにこだわっている自分がおかしくなって、随分励まされました。

何のお手伝いもしなかった私に機関紙を送り続けて下さって本当にありがとうございました。もう二十年以上にもなるのですね。これだけ続けてこられたうちにはいろんなことがあったと思います。どんなことがあって、どのように乗り越えてこられたのか、いつかゆっくりと話をお聞きしたい思いがいっぱいです。

沖縄にこだわって「平和」への実践をつんでこられた高井さんとその仲間の方々に敬服し、その熱い思いが伝わってきます。

私も、この二十年あまりひたすら幼児教育に熱い思いをもってとりくんできました。家族を、家庭を犠牲にしてきたこともあるといえますが、娘たちも夫もよく協力してくれました。

いろいろな個性をもった子どもたちとの出逢い、心から子どもの気持ちを知り、共感し、受け入れていくことから生まれてくる信頼関係、母親たちとの出逢い……私は多くの宝物を得たのだと今、振り返ってみて思います。

物質文明の豊かさは人間関係の希薄を生み出し「人とのかかわり」が教育の重要なポイントになってきました。「いじめ」の問題が大きくとりあげられている昨今ですが、人と人との豊かなかかわりを母親をはじめとして、父親、家族、近隣、地域へと広げていくことが何よりも大切であると思います。

とりとめのないことを書いてしまいましたが、戦後五十年、お腹をすかせていたガリガリにやせた女の子（当時、幼稚園児だった）は、ちょぴりふっくらとしたおばさんになりました。お前は一体何をしてきたのか、どう生きてきたのかと問い直す機会をいただいて良かったと思います。

いろいろなことがありましたが、やはり私は「人間大好き」人間です。今後ともよろしくお願いします。いつかお逢い出来る日を楽しみにしています。

〝沖縄へ本を送る会〟の機関紙「沖縄の声　本土の声」

1995・6「戦後50年に」（56歳）

孫とともに
……60代の私

無心（F８号　アクリル）

仕事をやめた2000年、次女に長男が生まれ、難産だったので産後の養生が大変であったが、元気になって、大阪のマンションへと帰って行った。絵本を持って、時々会いに出かけた。近くに住む長女の一人息子は、幼稚園が終わると、よく我が家に遊びに来た。将棋が好きで、何度も相手をさせられたものだ。

教え子のお母さんたちや友人たちに誘われての食事会、旅行なども楽しんだ。そして、そのころ開設されたコミュニティFMの「FMハイホー」で、パーソナリティをしていた友人に頼まれて、育児や教育のことなど主な話題にしておしゃべりをしたり、昔話を朗読したりした。

我が家に5～6人の友人たちが集まって月1回、近所に住む先生を招き、はがきに絵を描いて水彩画の基礎を学んだ。そのあとのお茶とお菓子とおしゃべりが楽しかった。また、町の絵画教室や陶芸教室にも参加して新しいこと、やりたかったことに挑戦した。学ぶこと、創造すること、少しずつでも成長していくことは楽しい。

そんな日々、長女が離婚した。孫は小学校1年生であった。孫は学校から我が家へ帰ってきて娘が仕事から帰るといっしょに夕食を食べて自分の家に帰るという生活になった。私はおやつを用意して孫の帰りを待つ毎日。そのうちに孫の友達が遊びに来るようになった。だんだん人数が増えて、多い日は8人ほどにも。妹や弟を連れてくる子もいた。まずは宿題をしてからと、孫と一緒に宿題をさせた。小学校の国語や算数は、聞かれればある程度助言はできたが、漢字のトメやハネにまで厳しい先生のチェックには私もいい勉強になった。算数の答えを確かめている私を見て、「ボケ防止にいいね」と次女が冷やかしていた。確かに……。宿題が終わるとおやつ、近くのスーパーの特売のお菓子をたくさん買う癖がついていた。時には、ホットケーキやドーナツを手作りした。寒い日は、インスタントラーメンに野菜をたっぷり入れて量を増やしてみんなで分けた。これが人気で、よく催促されたものである。

おやつの後は、それぞれが持ってきたゲーム機での遊びやテレビゲームに熱中したが、私も仲間に入れてくれてトランプでいろいろなあそび方を教え合ってよく遊んだ。

少しは外で遊ばせようと声をかけ、家の前の道路で縄跳びやボール遊びをしていて注意され、反対側の道路で遊んでは、「ここで遊ぶな」と言われ、住宅地で車もほとんど通らず、私も見ているし、気を付けて遊んでいればいいだろうと思っていた私は「すみません」と。ほんの20～30分、気分転換に外遊びをしたかっただけなのにと残念に思った。私の子ども時代、家の前の道路は、縄跳び、ゴム跳び、わらべ歌遊びの遊び場だったことが懐かしく思い出された。「地域で子育て」ということが盛んに言われているころであったが、子どもの声がうるさいとは……。

子どもたちは、我が家の畑や、近くの空き地でもよく遊んだ。バッタやカマキリ、ミミズや丸虫をたくさん取ってきて遊んでいたが、ある日、リビングのテーブルにトカゲをいっぱい這わせて遊んでいた。「きゃあ！　やめて！」と思わず叫んだ私。「トカゲは外で遊んで！」と言う私に「この子だけ、お願い！」と、1匹のトカゲの背をさすり、ほおずりをしているH君のやさしさに感動した私でもあった。

また、ある日、双子の兄弟が泥んこになって帰ってきた。近くの池に行ったという。落としたものをとろうとして池に入ったが、なかなか足が抜けず靴を置いて足だけ抜いてきたという。足を洗い、着替えさせて、池の泥沼の怖さを話して聞かせた。娘が小学生のころ、近くの池でドラム缶に乗って遊んでいた中学生になったばかりの男の子3人が死んでしまったこと、お母さんが必死で名前を呼び、人工呼吸をしたが助からなかった時の様子を話した。靴を置いてきたのは偉かったと言ったのに、またみんなで靴を取りに行ったと聞き、肝を冷やした。しばらくして、泥んこの靴を洗っていたのでほっとしたが、忘れられない出来事であった。

遊びに来る子どもたちの中には、塾に行かねばならないからと、5時前に急いで帰る子もいた。夕食代わりにおにぎりを持って塾に行き、夜の9時過ぎまで勉強するとのことであった。娘は、小学校の間は遊ばせてやりたいと、孫を塾には行かせなかった。私も娘の意見に賛成で、孫は中3の夏休みごろから塾に行きはじめた。

中学生になると我が家に来る子どもの数は減ってきたが、母親が働いている子どもたち数人は毎日やってきた。皆でスパワールドに行きたいが、付き添いがないと子どもだけでは行けないので、ついてきてほしいと頼まれて行ったこともある。子どもたちは、プールで急流すべりを楽しみ、私も泳いだり女の子と一緒にいろいろな温泉を楽しんだりいい経験をさせてもらった。

孫は大阪の高校に通うようになりアメフト部で帰りも遅くなる。娘は、男の子でも料理ができるようにしたいからと、自分の家に帰るようになった。それでも、時々は、友達と約束して、我が家で鍋を囲んだり、庭でバーベキューをしたり、泊っていったりした。それは、大学生になっても、社会人になってからも続いていたが、だんだんと会う機会が減ってきている。孫は夢がかなって外交官になり、間もなく北欧の国に着任するとのことであるが、コロナ、ロシアのウクライナ侵攻など、不穏な世界情勢のさなか、私は心配が絶えない。だが、いつか杖をついてでも、孫に北欧の国々を案内してもらえる日を夢見ている。そして孫には、いつでも帰れる温かいふるさとがあることを誇りに思ってもらいたいと思っている。

私の好きな言葉

「大切なのは何をしたかではなく、どう行ったか、愛を持って行ったかということです」

「友が皆、我より偉く見える日よ　花を買いきて妻と親しむ―啄木―」

「正しいことを言う時は、それによって必ず傷つく人がいることを忘れてはならない」

座右の銘とまではいかないが、折にふれ思い出し、反省したり、なぐさめられたり、納得したりしている言葉である。

人間は感情の動物、いつも笑顔で思いやりをもって――と思ってはいても、喜怒哀楽はさまざまな色模様で表面に出てしまう。「脳内革命」「プラス思考」。これも時々に実践を心がけている。だが、「ケ・セラ・セラ、なるようになる」の言葉に救われることもしばしばである。

先日、ある集まりでの昼食時に偶然向かい合わせに座っ

た女性と話がはずんだ。幼児教育についての話題だったが、彼女は障害のある子の母親であることをポツリ、ポツリと話された。

そして、我が子が「ありがとう」と「ごめんなさい」だけでいいから言えるようにしたい、それさえ言えればこの子は社会で生きていけると、親も子も髪の毛ふりみだし泣きながら、抱き合いながらの努力をしたと、淡々と話された。私は胸がいっぱいになり、熱いものがこみあげてきた。

「ありがとう」「ごめんなさい」。これほど人の心を温かく、穏やかにする言葉はない。簡単な言葉なのに、なかなかすっと出てきてくれない時がある。

心の扉を開かなくては――。

「みずぐき」1999・3・11（59歳）

ことば

青い空、ひつじ雲の親子がゆったりと追いかけっこをしている。久しぶりに「書く女」に変身してみようかと机に向かったものの、ぼんやりと窓外をながめているのみ。

一向に筆が進まない。

「あの雲にはしごかけて登れたらいいのにな」といっていた5歳の娘はすでに一児の母親。1歳10カ月の孫に、いろいろとことばを教えているようだ。菊の花を指して、「これなーに」と問うと、「はな、きれい」と答える。寝つきが悪く、夜、外へ散歩に出ると月をみて「ムーン」、星をみて「ピカピカ、ほーし」。孫の一言一言がいいようもなく可愛い。

ところが先日、「うるさーい！」という孫の声にびっくりした。夫の帰宅を知らせると同時に、散歩につれていってもらおうと、ちぎれんばかりにしっぽをふりながら、わが家のわんちゃんが甘え声でほえつづけているのだ。「いつの間にか聞いてたんやな。気イつけなあかんな」と孫を抱き上げながら夫は苦笑した。

まわりの人たちの会話から、テレビから、「ことば」を吸収していく孫。やさしさと思いやりのある「ことば」をかわし合うようにと、私たち夫婦の老後の生き方を示唆してくれているかのようでもある。

今まで家族、親せきはもとより、職場で、近所で「ことば」による気持ちの行き違いや失敗はたくさんあった。けれど、これからの子どもたちは、心からの「あたたかいことば」の中で育てたいものだ。
ひつじ雲は夕焼けにほおを染めていた。

「みずぐき」1997・6（58歳）

「ふゆいちご」

今にも雪の降りそうな寒さであったが、夫と孫を誘って近くの明神山に登った。約10分も登ると汗ばむほどホカホカしてくる。「暑いから脱ぐ」と、上着を脱いで私の先をどんどん歩いていく孫。4歳の誕生日を過ぎて、ぐっと男の子らしくなってきたように思う。「そこ、気いつけんと危ないよ」と、山道の亀裂を指差して私を気遣ってくれもする。

空を突き刺すような木の枝が揺れた。「チチ、チッチッ……」。見ると小鳥が2羽追いかけっこをしている。「じいちゃん！」と、ツタのつるを引っ張って、取ってくれとせがんでいる孫。つるを結んで、電車ごっこで山道を登ることとなった。

自然の中で、身も心も解放感を味わい、大きな声で「次は天王寺！　これは快速電車やから」と走っていく。何と楽しい日曜日だろう。落ち葉の積もった道を選んで、カサカサと音を立てながら走る面白さ。冬枯れの山道に、ふと、赤いものが目に留まった。「あ、野イチゴ！　これ食べられるよね」と夫とうなずき合う。1粒口に入れると、甘酸っぱい香りが懐かしいような優しさを誘ってくる。孫の口にも1粒。世にも不思議な味、という表情で「もう一つ」と口を開ける。「たくさん食べるとお腹痛くなるからね」と孫に言いながら、幼いころに食べた、サクランボの甘酸っぱい紫色を思い出す。今は、どんな季節でも立派なイチゴが店頭にあるけれど、この野生の味を大切にしたいと思う。帰宅して百科事典を見ると、それは「ふゆいちご」であった。

「みずぐき」2000・3・3（60歳）

ままごと今昔

陽あたりは良いというもののまだ風は冷たい。

庭でままごとをしている孫は5歳の男の子だが、使い古しのフライパンを扱う手つきが良い。石ころや枯れ草入りのスープに、青く細い草を浮かせて「はい、おネギのスープ」「卵とジャガイモ、今ゆでてるから」と、次々にごちそうを作ってくれる。母親の台所をよく手伝っているらしい。本当においしそう……。しばし、陽だまりの心地よさに酔う。

　ああ、私も幼いころ、近所のまあくんと一緒に石ころや草花でごちそうを作って遊んだっけ――。「おいしい？」と聞く私に「うん、おいしい」と答えてくれたまあくん……。ある時、「まだごちそうできてないから、ちょっと待ってて」と言った私に「なに？　早うせんか。ちゃんと作っとけ！」と

かなんとか、お父さんのマネよろしく怒ったことがあり、私は悲しくて泣いてしまった。

ままごとは家庭や社会を映す鏡であるということが、子どもたちの会話に分かり、ドキッとさせられることがある。また時代が変わったんだなあと思わされることも。

ある日のままごとである。犬や猫のお弁当まで作って、家族でピクニック。とても楽しそう。ところが「お父さんのお弁当は作ってないよ。自分で作ってきい」と言われ、一人でお弁当を作るお父さん。「熱いからフーフーして飲みや」と、見ていた私にコーヒーを作ってくれた。

男女共生……、21世紀のままごと。どうか平和でありますように。

「みずぐき」2001・3・3（61歳）

夢みる夢子健在なり

テレビで「この子たちの夏」の朗読劇をみた。とても感動した私は、夫と昼食をしながら「私もあんな朗読劇のようなことしたいなぁ」と言ってしまった。「そんなもん、出来るわけない、あれはみな熟練した女優さんたちがしてるんだから……」素人に出来るわけがない。アホかといわんばかりに夫が言う。「してみたいなぁーと言うてるだけやんー」とすねてみせる。「はいはい、今もって夢みる夢子さんですかー」と夫。

そうなのであった。私は少女の頃から「あんた、ほんまに夢みたいな子やなぁ」そして、いつからか「夢みる夢子さん」とよく言われてきた。本を読み、空想することが大好き、王子と王女の世界をさまよう文学少女……。

結婚、出産、育児、仕事との両立、夫の両親の世話など現実のしがらみの中で、いつの間にか忘れていた。

しかし、幼稚園で保育という仕事に夢中になり、幼児たちと共に絵本や物語の世界で遊ぶことができたのは幸せであった。

二人の娘は結婚し、母親となり、両親たちはあの世から見守ってくれている。夫と二人、たわいもないことでけんかしたり、孫がくるとお互い目尻を下げてニコニコしたり……定年退職後の生活がはじまっている。

好きな花の絵を描きたい、水泳もしたい、日本舞踊もしたい、茶道も本格的に習いたい、さそわれれば、読書会にも、コーラスにも参加したい、旅行もしたい、今まで出来なかったことや、やりたかったことがパン生地のようにふくらんでくる。夢みる夢子さんが再び私にのりうつってきたようである。

手はじめに童話をかいた。童話作家を夢みて—毎日新聞の《小さな童話》大賞に応募したところ、一次審査も通過しなかった。夢は遠い—。

大賞は八歳の女の子だった。彼女の作品を読んで、その若さ、柔軟さ、空想力には本当に参った、参った。

いつの間にか、かたくなってきている自分の頭を思い知った。でも、内心はまた童話に挑戦しようと思っている。

これ以上、頭がかたくならないためにも—。

そして、最近のニュースでの母親と子どもの悲しい事件を知るにつれ、何かしなければ……何か出来ることはないか……明るく平和な母と子の世界を夢みて考え込んでいる。

会報203号　2001・12（62歳）

カンボジアをおとずれて

一度は行ってみたいと思っていたアンコールワットへの旅が実現した。サンライズのアンコールワットからサンセットまで、よく歩いた。遺跡もすばらしかったが、日本語の上手な現地ガイドのアンさんの話も興味深いものがあった。

カンボジアの結婚式は7日間位パーティーをする。親せき友人はもとより町の人たちもやってきて、食事をしたり、歌ったり踊ったりする。結婚すると男は女の家に来て住む。

結婚の費用は全部男が持つ。それに男は結婚の前に3カ月、女の家に来て住み、農作業や雑用をし、働く。もし、しっかり働かないならば返されて結婚は許されない。

タイでも同じようなことを聞いた。男は戦争で死んで、女の60%しかいないというのに女性上位の社会である。二人の女の子をもつ私はちょっとうらやましく思った。

しかし、戦争で、アンさんが3歳の時、目の前で祖父母が殺されたという。こんなことは二度とあってはならないと、世界平和を願うアンさんの思慮深い目と、きっぱりとした言葉に目頭があつくなり、涙がこぼれた。

遺跡めぐりの途中、地雷で手や足を失った人たちが観光客に物乞いをし、小さな子どもたちがみやげものを売りにくるといった姿にも胸がいたむ。

この国の人たちは親を大事にするという。ヒンズー教の流れをついだ仏教の信仰によるのかもしれないが、年老いた母親の手をひいて歩く若者の姿をよくみかけた。

それに、私がうれしかったのは、トンレサップ湖に向かう道中、高床式のいかにも涼しげな原住民の家、犬や猫やにわとりが自由に歩きまわり、ひよこにちょっかいをだす小犬をにわとりのお母さんが怒って追いかける。そのあとを20羽位のひよこがぴよぴよぴよとついて歩く……昼寝をしている赤ちゃん、ハンモックで休んでいる人……のどかで平和な風景だった。トンレサップ湖に注ぐメコン河の上流は水上生活の漁師たちの舟が並んでいる。魚と生活排水のまじったような臭い、どろどろの河に魚が沢山いる。3~4歳の子どもが大きな魚を手づかみでとっていた。その河で水浴をし、子どもたちは楽しそうに泳いで遊んでいる。食器やなべも洗っている。ちょっとこれはたまらないなと思っていると、日本人が飲料水用の井戸を掘ってくれたという。世界中の人々の寄附で病院や学校も建てられていた。

カンボジアの経済は観光で成り立っているとのことであるが、人と動物と自然が共存するという人間生活の原点をみせてもらったように思う。

会報２０４号　２００２・４（62歳）

出会いの不思議

見えない糸でつながっている人がいるというけれど、それは本当だと思うことがある。

昨年の夏、私たち夫婦が尾瀬へ旅行した時、湯沢温泉の小料理屋で夕食をした。若い板前さんだが料理はおいしい。

何ということもない夫婦の会話にご機嫌のところ、隣の席の熟女三人組の会話が耳に入ってくる。

「お酒、おかわり！」……うん、なかなか飲めるな、この三人……「母親としては……」「女として……」というような会話が聞こえてきて、思わず一緒に笑ってしまい、いつの間にか話の仲間になっていた。

この五月の連休に、その熟女三人が東京からやってきて我が家に一泊、奈良見物が実現した。

「あの時、どんな話をしてたのかしら」——さあ、何の話だったのか、誰も覚えていないのが不思議だ。

いかにも山登りが好きそうなAさんが、婦人相談員をしている。そして、ネパールの山に行って以来、ネパールの母と子の援助活動をしている。

Bさんは、ご主人の仕事で、インドや台湾に在住されていたが、子どもの学校のこともあり、今はご主人のみ単身赴任中とのこと。ワンピースの似合う奥様。

Cさんは、何と田園調布の石原慎太郎氏のご近所にお住まい、自宅には茶室もあるそうだ。白髪が上品で美しい。

AさんとBさんは大学の同窓生、Cさんとはネパールの旅行で知り合い。以来、三熟女のお付き合いがはじまったとのことである。

ものの考え方、価値観、同じところで喜び合え、同じところで怒りを感じる。山や空や木々の緑、小さな花にも感動する。そして、ところどころでふと感じる思いやりと気くばり、おおらかさ……そんなものが、私たちの出会いを豊かにしてくれたのではないかと思う。

新緑の当麻寺、談山神社、室生寺、長谷寺と、夫の運転で案内した。二日目の夜は女四人、奈良で食事をして、旅の思い出や感動、子どものこと、夫婦のことなど話がはずむ。熟女たちの夫婦愛論議は、なかなか複雑で計り知れないものがある。ほろ酔い気分で、ストレス解消、素直に夫に感謝した。彼女たちは、奈良にもう一泊、再会を約束し、喜んで帰宅された。本当に良い出会いであった。

彼女たちとはずっと以前から友達であったような、何ともいえない不思議ななつかしさに心ひかれるのである。

会報205号　2002・8（62歳）

母の日記

78歳で母が亡くなってから10年あまり——私の弟が持っていた、母の老後の日記のコピーが手元に届いた。懐かしい母の文字を見ていると、これが20年近くも前に書かれたものとは思えない。今、そこに母がいて語りかけているようだ。それにしても、母がこんなに俳句や川柳、短歌をつくっていたとは知らなかった。

呑みこんだ言葉知ってるのどぼとけ

墓石は素直に我のぐちを聞き

孤独には趣味の薬をいただいて

いつからか鏡の中のしわに慣れ

少々の血なら蚊にやる夕涼み

姿なき亡夫と話してさくらもち

無理をせぬ気儘暮らしや老いの春

我流でただ文字を並べているだけと母は書いているが、私には母の思いがぐっと迫ってくる。

大学ノートにぎっしりと書かれた日記には、毎日のように「ありがとう」「感謝」「よろこんで」「笑顔」という言葉がある。

弟夫婦と同居し、友だちもいて、自分の部屋で趣味の書道や読書、好きなテレビを観たり、花や野菜をつくったり、幸せな老後を過ごしていると思っていた母の内面は、実は孤独との壮絶な闘いの日々であったのだ。どんなに苦労しても元気で働けるときが華、と母は書いている。老いるとは寂しいものだと思う。その寂しさを「ありがとう」「感謝」などの言葉ではね返して生きた母の笑顔が、今もまぶしい。

「みずぐき」2003・5・14（63歳）

子どもたちの夢に乾杯！

今、私の胸は喜びと感動でいっぱい。あの子の夢、この子の夢が頭の中でぐるぐるまわってうれしくてたまらない。

〝未来と過去の4年2組〟という小学生の文集を読ませていただいたのである。10年後の自分の夢をつづっている。

エジプトに行ってピラミッドの謎に迫っているA君、大学で理科の実験をしているB君、C君はシロナガスクジラをてなずけて世界冒険旅行、好きなことを見つけてどんどんチャレンジしたいと。料理屋さんになるというD君、おいしい料理をつくって、みんなに喜んでもらいたい。またE君は、童話作家になって、本が売れたらお母さんに何かプレゼントしたい、とやさしい。

体操でオリンピックに出たい。プロ野球選手になりたい。剣道の試合で優勝したい。テニスのプロになりたい。大学教授になって考古学を研究したい……。どの文章も空想物語風でとても楽しい。

また、今までで一番楽しかった思い出をつづっている子どもたちは、登山やキャンプなど自然に触れ、友達や家族と楽しんだこと、数センチ積もった雪を集めて父親と二人で大きな雪だるまを作ったことなどを書いている。人と自然の触れ合いの中で感動し、豊かな心が育っていることがうかがえる。そして、夢の実現のために、今、どうしなければならないかもしっかりととらえている頼もしい子どもたち。
未来は明るい。
さあ、私も10年後の自分を明るく、ユーモラスに描いてみよう。
世界平和というキャンバスに――。

「みずぐき」2002・5・14（62歳）

〝愛は行なうもの〟

「私をささえるもの」って何だろう。はたと考え込んでしまった。子どもの頃は、親や親戚、近所の人たち、学校の先生など多くの人に可愛がられ支えられてきた。
ところが、思春期、青年期ともなると、大人の世界をちょっとゆがんだまなざしでみたり、人間は何のために生きるのかなどと哲学めいたことを思ってみたりするようになった。そして、自分は誰にも愛されていないのではないか、私のことを誰も本当に分かってくれる人はいないのではないか、愛とは？　生きるとは？　等々、疑問や不信感をいだき、自分の進路にも悩んでいた頃、キリスト教の「愛は行なうもの」という言葉に出合った。

愛されることよりも愛することをこころがけていこう。そう思った時から、私は大いなる御手にいだかれていると感じた。それは、キリスト教とか仏教とかいう宗教を超えたもの、地球、宇宙、大気圏……もっともっと高次元のものにいだかれ、生かされているのだと——。

今もふっと、そう思う時がある。

夫や子ども、孫にも恵まれ「愛することは愛されること」という幸せを実感している。また、二十六年間、幼稚園教諭として多くの子どもたちを愛した。今思えば、本当にけなげなほど一生懸命であった。しかし、私が愛した以上に子どもたちからの愛を感じた。支えていたはずの子どもたちに私は逆に支えられていたのである。文字通り、「人」という字は支えあってなりたっているのだと感心する。

定年退職したとき、「私をささえるもの」を失ったような気がして淋しかった。人生って何なのだろう、生きるとは、愛を行なうとは？……第二の思春期・青年期を迎えた私。けれど今は思う。今まで私を支えてくれた子どもたち、お母さんたち、仲間たち、私の出逢ったすべての人たちが、今も私を支えてくれているのだと。

いろんな人たちとの出逢いが、私を心豊かに成長させてくれた。自分の価値観を押しつけて、愛を行なっていると勘違いしたり、相手の思いに気付かずに傷つけてしまったり未だに失敗も多いが「愛は行なうもの」という言葉を支えにこれからも、出逢いを大切に向上していきたいと思う。生きることは向上すること、自分という人間をつくりあげていく旅であるとも思うこのごろである。

めじろの夫婦がつばきの花や万両の実をついばみに我が家の庭を訪れる。「来てるよ!」と夫を呼び、かわいい仕草にみとれる。私をささえるものは夫なのだ。

会報213号　2005・4（65歳）

山歩きの楽しみ

小学校長を定年退職され、山野草に詳しい先生と縁あって、近所の小学生やお母さんたちを誘って奈良の山々を案内していただく機会に恵まれた。

手始めにと登った春の音羽三山。室生天南星《むろうてんなんしょう》や羅生門葛《らしょうもんかずら》などの珍しい花を見ながら急勾配《こうばい》の岩の道を登ると経ケ塚、眼前にそびえる熊ケ岳を見たときはややたじろいだけれど、小学生たちは先を行く。熊笹《くまざさ》をかきわけ頂上に着いたときの達成感は何とも言えない幸せ気分。汗を拭《ぬぐ》うとすがすがしさが身体中を走った。

昨秋、竜王山から笠のそば畑へ下りてきて一面の白いそばの花を見たのも素晴らしかった。白い花といえば、この春の伊那佐山。登り口の民家になんじゃもんじゃの大木があって、まるで雪をかぶったように白い花をつけていた。わざわざその花を見るために大阪からやってきた女性たちに出会ったが、山では見知らぬ人とも親しく声をかけ合えるのが不思議である。頂上にはひめはぎがあちこちに咲いていた。「1科1属1種の花です」と先生。へぇーこんな小さくてかわいいピンクの花が…さすが気品がある…と感動し虫眼鏡でよく見ると、萩《はぎ》の花の折り重なった花びらの内に秘《ひそ》かに深紅のしたたるような生命力をみなぎらせていた。自然は神秘的だと思う。

緑の木々、風の音、たゆらたゆらと輝く木洩《こも》れ日、しみるような澄んだ空気、小鳥の声…五感で感じるあらゆるものが心を癒やしてくれる。それにしても、よく歩いてくれたこの足。毎夜、足の指一本一本にありがとうといいながらもみほぐす。「奈良百遊山」次はどの山に行こうかな。

「みずぐき」2005・6・26（65歳）

百合の香に

百合の香を長い間ずっと、いやなものとしてきた私。というのは……。私が中学3年の6月、父は亡くなった。葬儀は白い百合の花で埋めつくされた。そして、四十九日の祭壇にも白い百合が座敷の半分を占めるほど飾られていた。戦中戦後を乗り切って、ようやく生活のメドがつきはじめた矢先、幼稚園児の弟、小学生の妹をかかえ、母の苦労が再び始まったのを百合の香の中で感じた。それ以来、私は百合の香が嫌なものとして記憶にとどめられたのである。

父は、毎日帰宅すると和服に着替え、あまり話さず、読書や音楽が好きで、静かに私たちを見守っているような人であった。

中学2年のころ、私の成績が下がったことがあり、はじめて父は私に説教めいたことを言った。文子はかしこい子であると思っていると前置きして、もっと一生懸命がんばって勉強せよ、父も会社で人に負けないようにがんばっている。会社の○○さんの娘には負けてほしくないなどとも言って私をびっくりさせた。だが、ともかく私はがんばって成績が上がると、父はとても喜んで褒美に上等の万年筆を買いに連れていってくれた。私はうれしくてますます勉強が好きになり、その万年筆で作文を書くのも好きになったのであった。

先日の田原本という身近な地域での16歳の少年の放火殺人事件。新聞記事を読むにつけ、父子の関係にもう少し距離をおいて、あたたかく見守ることができなかったのだろうかと胸がいたむ。

百合の香がやさしく私を包んでくれるこのごろである。

「みずぐき」２００６・７・２（66歳）

心豊かに

若い母親たちに私はよく言う。「子育てをしている今が一番人生でいい時だと思うよ」と。来た道をふりかえった時、本当に楽しく充実していた時期は、なりふりかまわず育児に専念した頃だったと思う。育児には悩みも迷いもあったけれど、近所の母親仲間と助け合いつつ、子どもの成長に一喜一憂し、子どもの未来を夢見ながら、自分もまた母として、女として、人間として成長したいと努力していた。物質的にはあまり豊かではなかったけれど、自分の工夫や手作りが喜ばれる時代でもあった。いわば、「その心」や「思い」が伝わりやすかったともいえる。安価でおいしくて栄養のある料理の工夫……私は鯖や鰯、レバーや鯨の肉をよく使った。端切れや古着のリフォームで可愛くて実用的な子ども服を縫い、毛糸はほどいて編みかえす。デザインを工夫したり、アップリケや刺繍をするのも楽しかった。部屋のカーテンや椅子のカバーもフリルやレースをいっぱいつけて自分で縫った。芝生の庭には季節の花を色々と植えて花壇をつくり、近所の子どもたちが往ったり来たり、ままごとや、ブランコ、鉄棒などして遊び、にぎやかであった。池にはコイが……手をたたくと近寄ってくる。そして、犬と鶏を飼い、生みたて卵を食べた。もちろん、小さな菜園もつくり（これは夫の領分だったが）、夏野菜は特によく収穫でき、もぎたてのおいしさを味わった。今思い出してもほんとうに温かく幸せな気分がよみがえってくる。

女も社会の一員として仕事を持つ――これも私の夢であった。長女が小一のとき再就職をした。長女はかぎっ子に、3歳の次女は保育園にいくことになり、忙しい生活がはじまった。わが娘たちにはちょっと淋しい思いをさせたかな、もっとよく話し相手になってやれば良かったかなとも思うけれど、後になって聞いてみると「淋しい思いをしたなんて思ったことないよ。犬のポリーもいたし……うるさく言われなくてすんだし……」と娘たち。「おかげさまで、結婚しても料理づくりに困らなかったし……」と皮肉まじりに言われてしまった。それにしてもお隣やお向かいのおばちゃんたちにも恵まれ、かぎっ子にとってもよき時代であった。

今、娘たちはそれぞれ自分のやりたい仕事をみつけて働きはじめた。近くに住み、定年退職した私に「孫をよろしく……」と、小学生と幼稚園の息子たちをあずけ、「私たちを子どもの時放っておいたお返しだと思えば？……」と涼しい顔をしている。因果応報ということか――しかし私が子育てをした頃とはちがって、物質的に豊かになったけれど、子どもを一人で置いておけない不安な社会状況。テレビやゲームの影響か時々私には分からない言葉をしゃべる孫たちをみて、ひょっとして宇宙人からの預かり物？　と思うことも……。

時代の進歩についていけないおばあちゃんでもいい。心豊かに、温かい心を大切に、自然の営みのすばらしさ、有難さを孫たちに伝えていきたいと思う。

50周年記念特別号　２００６・１・１（66歳）

空気がおいしいこと

いくつかのトンネルと峠をこえ、いくつかのダムの道をくねくねと車で3時間余り……熊野の山中にある夫の実家を十余年振りにたずねたのは昨年のゴールデンウィーク。

両親亡きあと夫は年に2～3回畑や庭の草刈りに帰省していたが、家の中はそのままであった。

くもの巣とねずみの糞、むかでにゴキブリ……ほこりだらけになって大掃除。ふとんにはどれも白いカバーが手縫いでつけてあり、陽に干すとふんわりした。たまに帰ってくる子や孫のためにいつもきれいなふとんを用意してくれていた姑がしのばれる。

私が仕事と家事の両立に疲れ果てストレスで胃を悪くし、全く食欲をなくした二十数年前の夏。1週間この田舎で過ごしたことがある。姑がかまどで炊いてくれた茶粥《ちゃがゆ》、畑でとれたなすや、きゅうり、干したずいきの煮物、行商がもってくる〝しび〟のさしみなど、とてもおいしかった。それに、ボーッと向こうの山と青い空をみているとすーっと気持ちが落ち着いてくる。空気がおいしいのだ。私は心身共に癒され元気になった。

夏休みには孫たちをつれてこよう、そう思っての大掃除だった。捨てるもの、洗濯するもの、持ってくるものをメモする。もったいないと残していた古いカーテンも出番がきたようだ。

いよいよ孫たちの夏休み、途中での川遊びも大よろこびでやってきた田舎。かまどでご飯をたく。幼い日を思い出して目にしみる煙さえなつかしい。孫もかまどに火をくべたくて私にすり寄ってくる。うっすらとこげたご飯のおいしかったこと。次は五衛門風呂をわかして入る。次の人のために、湯を大切に使うことを教える。残り火での保温のせいか湯がまったりと、ほころんでいるような感覚、お風呂ぎらいの孫も「ああ、いい気持ち」という。テレビは故障、冷蔵庫も殆んど冷えなくなっていて氷なしの生活。孫たちもゲームも持って来ず、くもや、とかげ、バッタなどと遊んだり、水遊び、草刈りの手伝いなどをして楽しんでいた。夜は庭でバーベキュー、花火、蚊帳の中で大はしゃぎして私のお腹に足をどーんとのせてやっと寝入った孫たち。おいしい空気をいっぱい吸った3日間の生活、この田舎の家を残してくれてありがとうと心の中でつぶやいた。すると、ありし日の舅姑の姿が思い浮かび、手作りのこんにゃくや味噌のおいしかったことなどなつかしい思いが広がっていった。この自然の空気のおいしさを、それを味わう心を、ずーっと伝えていかなくてはと思う。

会報215号　2006・4（66歳）

今の私

平成のヒーローだったホリエモン、耐震構造偽装の姉歯建築士……一体何なのよ、ＩＴ革命？　庶民の分からないところで分からないことが行なわれ、企業家、政治家がからんでいる。私たちは、新聞、ラジオ、テレビ、週刊誌などで分かりやすく、興味をそそるところだけの情報にふりまわされているようだ。

毎日のように報道される殺人事件、親と子が殺し合う世の中になったとは――。幼い子らが「殺すぞ！」とまわらぬ舌で叫びながら遊んでいるのをみると悲しくなる。

それにしても、灯油はなぜこんなに高価になったのか。四季感のない輸入野菜、農薬、公害、輸入牛肉の問題……。台所からも不安の芽がニョキニョキ……。その背景で、イラクでの自衛隊の活躍、憲法九条改正の問題、平和な日本が泥水をかぶって流されていくように思う。その中で「ワァー」とか「キャー」とかわめきながら流されていくだけの私なの？

いいえ、小さな力でも何とかしなきゃあ――と思っている私がいる。この世の中を憂えているだけではダメですよね。

会報215号　2006・4（66歳）

癒しの時代

〝癒し〟という言葉が氾濫し、癒しを求める人が多いということは、この時代、いかに人の住みにくい世の中であるかということでもあろう。でも私は幸せなことに、日々癒されることが多い。孫と遊び、孫の喜ぶ顔を見るとき、長いすに寝そべって、時折スーッと極楽の余り風に吹かれる夏のひととき。一生懸命絵を描き、ほめられた時。無心になって土をねり作りあげていく陶芸のひととき。コーラスをしてきれいなハーモニーを感じるとき。いい音楽を聴いているとき。朗読が上手にできたとき。そこにいい仲間がいること、家族がいることが土台になっているのだが……。

しかし、このような生活がもともとあったわけではない。

食べ物も充分になかった幼少時代は、石ころ、土や水、雑草など自然の中で遊び、近所の大人、年上の友達から赤ちゃんにいたるまで、みんなのふれ合いがあった。癒しなどあふれていた。

少女時代、物語の世界、空想の世界で癒された私。赤毛のアンや、足ながおじさんのジュディのように、日記を書いたり、良いこと、楽しいことに目を向けたりして自分を癒す術を学んだ。そして、いつも前向きに、新しい自分をつくり出していくことで癒されてきたようにも思う。

結婚、育児の時期は大変だったけれど希望に満ちていた。

今はなぜ育児にそんなにストレスがたまるのか私には理解できないが、多分、都市化による近隣の人間関係や遊び場の問題、情報の氾濫など社会状況の変化によるのであろう。仕事、家庭との両立、夫の両親の介護、それらはストレスが時折爆発……。これは内緒であったが、少し欠けた茶碗や皿を裏口にためておいて、それを一～二枚たたきつけて割る……そして拾い集めながら泣く……そんなこともあったっけ……過ぎてみれば、どんなこともいい思い出。

だが、そんなとき癒されるのはたった一言のやさしい言葉であったと思う。じっと話を聞いてくれるやさしいまなざしであったと思う。

これからは、世界情勢、地球の環境からみて、何が起こるか、どうなるか不安の多い世の中であるが、私たちは、もう一つ大きな視点でものを見、私利私欲にとらわれず、人とのふれ合い、自然とのふれ合いを楽しみ、「やさしいまなざし」「やさしい一言」を大切に、〝人間万歳〟といえる生き方をしたいものと思う。

会報２１６号　２００６・11（67歳）

梅干し

夕食の支度がほぼできあがったころ、玄関のチャイムが鳴る。「梅干しちょうだい!!」と小6の孫の友達。今日は中学生になったO君もいる。丸刈りの頭がすがすがしい。「買った梅干しよりおいしい」と孫も梅干し好きである。

戦後、菓子などない私の子ども時代、竹の皮に梅干し1個を、上手な三角になるように母が包んでくれ、その角のすき間からチュッチュッと梅の香りと味を吸っておやつにしていたことを思い出す。これは結構長い時間、「おなかすいた。何かちょうだい」と言わせずに、子どもをおとなしくさせる。

その母が梅干しを漬けながら私に言った。「以前、家の庭の梅を漬けた。『この梅干しがなくなるころ、私は死ぬ』と病気のお父ちゃんが言った。お父ちゃんが死んだ日、本当に梅干しが一つしか残っていなかった。屋敷にできた梅は漬けるものではないと聞いていたけど本当だ」と。そのせいか、私は母が梅干しを漬ける姿からは何となく目をそらしていた。

その話を聞いたしゅうとめが「梅干しはずっと漬けてあげるから」と、きれいな赤しそ色の梅干しを毎年届けてくれた。老後、一緒に暮らすようになったしゅうとめは「何もできなくなった。つらいよう――」と嘆く日々であったが、しそをもむ私のそばに座って、「しっかりもんで、その汁をもったいないと思わずに何回も捨てるんやよ」と教えてくれた。

まだまだ、しゅうとめの漬けた梅干しにはかなわないが、今年こそはもっと色よく漬かりますようにと願いつつ、毎年梅干しを漬けている。

今年は昨年の倍の梅を漬けた。梅酢がたっぷりとあがってきているつぼを開けると、何とも言えないい梅のいい香りが私の身心をふんわりと包む。ああ、この香りが好き!!

「みずぐき」2007・7・15（67歳）

日本人の究極のごちそう

「ママ！　このたらこ、毒が入ってるんやね」と店先で大声で言った4歳の娘。あわてて娘の手をひいて店を出たことを思い出す。「日本の食について」という勉強会に

4歳の娘同伴で、30歳の私は、食品添加物、チューインガムの色素、たらこの赤色、防腐剤など与えたねずみが次々に死んでいくスライドを見たのであった。その時、輸入に頼らず、日本の農業をもっと活性化していかねば、いずれ困る時がくる。日本の米の生産にもっと力を入れる農業政策をする必要があるという話も聞いたが、あれから38年たった今もあまり変化がない。

つい先日、店先でハンバーガーをねだる孫に、「あれは何の肉が入っているか分からないから、やめとこうね」と、大きな声で言ってしまった私。娘に「よく言うわ」と苦笑されてしまった。

しかし、それから数日後、ミート社の肉製品、中国産の食品添加物の危険性が大きく報道された。

幸い、我が家は、夫がつくってくれる無農薬の季節野菜が食卓をにぎわす。形は良くないが味は良い。この暑さで、元気の良いオクラが毎日沢山とれる。ご近所に配ったり、ゴマあえ、天ぷら。納豆あえなどと目先をかえてみるが、塩ゆでしただけのものが一番おいしいと思う。年齢と共に野菜や魚そのものの持ち味を生かした淡泊なものが口に合う。子どもの頃、「また——切り干し……」と不平を言っていた切り干し大根や、ひじき、大豆の煮物、いもの煮っころがしのようなものが食べたくなるのが不思議である。

八月二十日の毎日新聞に、野坂昭如さんが「おにぎり」について書かれ、日本の農業について案じておられたが、私は以前にも、日本人の究極のごちそうは「おにぎり」だという話をきいたことがある。本当にその通りだと思う。

孫もおにぎりが大好きである。コンビニのおにぎりよりもばあちゃんの手づくりおにぎりがおいしいと言ってもらいたくて、いろいろ工夫している。

日本人の主食の米。農薬で、田んぼに蛙の鳴き声がしなくなった。農家の人は米づくりはしんどいだけだという。娘が4歳の時に聞いた日本の農政についての話がいまだに胸にひっかかっている。

食生活の根本、日本の農業政策を考え直す最終警告の時期に来ているのではなかろうか。

会報228号　2007・11（68歳）

私の老後？

私の老後っていつからのことかとも思うが、もう目の前に迫っていることは確かだ。夫の両親は、老後を私たちの家で過ごした。義母は変形性関節リウマチで足が痛み、畑仕事や、日々の食事の支度なども覚束なくなり、住み慣れた熊野の田舎から出てきたのであった。長男夫婦が両親の面倒をみるのは当たり前と、皆が思っていた時代である。私は仕事をもっていたので、毎朝、夫と私の弁当に加えて、両親の昼食を作って出かけ、帰宅するとすぐ車で鍼灸院へ、医院へと連れていき、夕食の支度がほぼ出来た頃迎えにいく。福祉センターで老人たちの集まりがあると、おしゃべり好きな義母をつれていったがなじめないようで、あまり行きたがらなくなった。義父は新聞や本をよく読み、テレビも楽しんでいたが、畑仕事が大好きだった義母は趣味もなく、雑巾を縫うとか、ふき掃除や芋の皮むきなど、少しでも私の家事の手伝いをしたい様子であった。今思えば、知らぬ土地へ来て老後を過ごすことが、どんなに淋しいことであったか——義母は老人性鬱《うつびょう》病になっていた。

しばらくして、友人がヘルパーの資格をとったが、まだ仕事はないといっているのを聞いて、一〜二時間、両親の話し相手に来てもらうことにした。はじめは喜んでいた義母も、「サイフのお金がへっている。あの人があやしい」などと言うようになった。また、夫の弟妹たちから「他人に世話をさせるなんて——」「仕事を辞めて面倒みたらいいのに——」「姉さんが働かなくても生活できるんじゃないの」などと言われもした。長男の嫁としてつらい立場になったが、仕事はあの頃、私の生き甲斐でもあった。夫と相談して「母が動けなくなったらその時考えよう」ということになった。私は義母を義父にゆだねた。若い頃あまり仲の良くなかったという両親を、何とか仲良くさせようと策略をめぐらし、実行したのだ。

義父は言った。「してくれるようにしてもろうて、じゃまにならんようにおいてもろうたらええんじゃよと、ばあさんにいうてるんやがのう」

私は、この言葉が忘れられない。私の老後も百歳まで生きたこの義父のように、悟って生きていけるだろうか。

今は介護保険もあり、ヘルパーさんの手を借りることも、ショートステイなど、施設にいくことも当たり前になってきている。私も沢山の方々のお世話になることだろう。

だが、老後は短い方が良い。私の老後とは?

その線は出来るだけ高齢に引きたい。

会報219号　2008・4（68歳）

足のけが

ワラビの季節、ハイキングで、先へ先へと行く孫たちに追いつこうとして、すってんころり。左足首を骨折した。

「ハイキングなら仕方ないねえ」「一つくらい痛い所があるのもいいよ」「やっぱり年やね」と手厳しい悪友たち。ギプスを着けた私に美術展や演劇のチケットをちらつかせながら「無理したらあかんよー」。

幸い右足は元気なので、車の運転はできる。おとなしくしていたのは3日ほど。スーパーへ買い物に行き、いつもは遠慮する車いすマークのスペースに駐車し、松葉づえで降り立つ。ありがたい。

それにしても、元気な足の方に松葉づえをついて、ギプスを着けた足と一緒に前へ出す。この歩き方がこんなに難しいとは知らなかった。エスカレーター、エレベーターもありがたい。そして家族はもとより、周りの人たちのちょっとした親切や優しい言葉がありがたい。

あれから2カ月。その身にならなければ分からないことを学び、骨はつながったようだ。あまり動かないのに食欲だけは旺盛で、メタボ予備軍に「入隊」しそうだ。すっかり良くなったらできるだけ歩こう。ガソリンも値上がりしたことだし。一寸先は闇。今在ることに感謝しようと思わせてくれた足のけがであった。

「みずぐき」２００８・６・28（68歳）

子育て広場

「うちの子、2歳になるのにまだ言葉が出ないのよ」「1歳半健診でひっかかって――」「大丈夫よ。今いっぱい聞いて言葉をため込んでるのよ」「もうすぐ3歳なのに、おしめがとれない」「うちの子1歳3カ月になるのにまだ歩かないの」「でも、ハイハイのスピードすごいじゃないの」「離乳食、食べてくれないの」「うちの子もそうだったのよ」

これは、子育て広場（県社会福祉センター内で月、水、金の午後1～5時）でのある日の会話である。母親たちのおしゃべりのそばで、A君のとびきりの笑顔――。ブロックを2つくっつけることができた。ヤッター！　の笑顔。その横では大きな積み木の上にやっとよじのぼったBちゃんの笑顔。ボールプールに入って気持ち良さそうなC君の笑顔。小さなスベリ台をすべり降りたDちゃんの笑顔がある。「お母さん、見て！　このとびきりの笑顔」と私。子どもの笑顔にこたえる母親の笑顔――。「これも会話の一つなのよ」「4～5歳になったら、今度はうちの子ひらがな読めないって心配するようになるわよ」「母親って、一生子どものこと心配するものなのねえ――」「子どもは成長する。子どもの発達には個人差がある」「みんなちがってみんないい」。金子みすゞの詩の一節を口ずさむ。ややっこしい世の中で子育てをする母親たちの気持ちが少しでも楽になればと、私は時々口をはさむ。月1回のボランティアだが、子どもたちの笑顔をあびて帰宅するときの満ち足りた思い……。明日もいいことありそうな夕焼け空である。

「みずぐき」2004・10・3（65歳）

良いことさがし

ハイビスカスの花が咲いた。もう枯れるかと思われた枝を切りつめ、大事に世話をしてきて1年半余り……緑の若葉をつけた時はうれしかった。それが今、窓辺の隅っこでひかえめにやや小さい赤い花を一つ咲かせた。何か良いことありそうな春を告げているようで心がホカホカする。

そんな時、連日のニュースで、桜井市で5歳児の餓死、三田市で5歳児の虐待死が信じられない。
報じられ、哀れでならない。どんな理由があるにせよ、そこまで子どもを憎むとは、

2歳ごろからは自我が芽生え「ゴテの時期」。「五つ六つは憎まれ盛り」といわれ、憎まれ口を言ったり、言うことを聞かなかったりもするようになる。これも成長のあらわれなのであるが、忙しくストレスいっぱいの親にしてみれば腹のたつこともあろう。

始終ガミガミ怒られている子どもも、面白くないのでよけい反発し、悪循環を繰り返す。「お母さん、3日間怒るのをがまんして。怒りそうになったら深呼吸して――」とか、「子どもの良いところをさがしてほめていると、いつの間にか悪い面は消えていくものだ」などは、子育ての奥義とも言える。

がんを患った人が、1日3つ、良いことを見つけて日記に書くようにしていたら、治ったという話も聞いている。

良いことよりも悪いことの方が目につきやすい自分を戒めるために、私も「良いことさがし」をしようと思っている昨今である。

「みずぐき」2010・3・13(70歳)

年賀状

元日の朝の楽しみは年賀状である。

お決まりの挨拶《あいさつ》を印刷したもの、小さな活字であふれんばかりの自分の年頭の思いを印刷したもの、子どもの成長が一目でわかる写真入りのもの、毛筆や版画、手描きの絵、趣味の域を超えたような写真や絵を披露されているものもあり、2、3行の自筆の添え書きがあるとなお嬉しく、一枚一枚にその人の過ぎし日々の姿を思い浮かべる。

年齢と共に、年賀状を書くのもややおっくうになり、喪中ハガキが増えるのも淋《さび》しいが、思いがけない方々からの賀状も嬉しい。今年は思いがけず、小学校の同窓会で60年振りに出会ったI君からの賀状。ヤンチャ坊主なのにクラスで一番成績の良かった彼は今も現役の医師とのこと、私が秘《ひそ》かにあこがれていたのを知っているだろうか。それぞれに、いろんな人生を歩んできて「老い」がもたらしてくれた生きていることの喜びを分かち合えることはありがたいことである。

年賀状の起源は明治の終わり頃、産業の発展と共に盛んになったとのこと。だが、日中戦争から次第に減りはじめ昭和20年にはほとんどの家庭に年賀状はなかった。昭和24年にお年玉付き年賀ハガキが作られ、今に至っている。年賀状は平和のシンボルともいえる。昨今、若い人たちは年賀状もメールですませることが多いとか——。だが、年頭の挨拶を「一葉の葉書」にしたため、平和の喜びと祈りを伝え合うことは、日本の伝統文化でもあると思う。

「みずぐき」２０１１・１・７（71歳）

おから

子どものころは大嫌いだった〝おから〟が近ごろ大好きになった。おからとは、豆腐カスであり、飼料や肥料にするものと辞書にはある。

だが、料理をするのに切る必要がないことから、きらず（切らず）ともいい、〝雪花菜〟とも書き表す。なんときれいな名前だろうか。私は〝雪花菜〟を知ってから、おからが好きになったのかもしれない。また、ウツギの花に似ていることから〝卯の花〟ともいう。

美味《おい》しいおからを煮ようと、長年試行錯誤してきたが、だしをきかせたうす味で、パラパラせず、ベタベタせず、しっとりと口あたり良く煮るのがよい。サトイモ、ゴボウ、ニンジン、干しシイタケ、こんにゃく、鶏肉を小さく切って、カツオのだしで美味しく煮て、ごま油でいりつけたおからとまぜ合わせ、煮立たせた豆乳と、たっぷりのきざみネギを入れる。菜の花やエンドウ豆、タケノコ、レンコン、オクラなど季節の野菜もあれば入れる。栄養満点で、お腹の調子を整えてくれる。

近所におから好きの友人がいて、お互いにおからを煮るたびに届け合うのも楽しみである。食べ物の好みには回帰性があるというが、子どものころ、いやという程食卓に出たおからや切り干し大根が食べたくなる年齢になったということかなあ。

山路には、卯の花が咲くころであろうか。


「みずぐき」2009・5・30（69歳）

和《やわらぎ》の鐘が鳴る町

結婚して住みはじめたこの町（王寺）は、鉄道の町といわれ、ＪＲ関西線、和歌山線、桜井線、近鉄生駒線、田原本線が王寺駅に集結している。南は二上山、葛城山を望み、北西は信貴、生駒の山並み。東には馬見丘陵、大和三山……それに大和川、その支流の葛下川が流れている。古くは聖徳太子や達磨太子が歩かれた道もあり、古墳も点在している。

四十数年前、独特の語尾（みー）をつける話し言葉に慣れない私は〝よそ者〟という意識で見られていることを感じることが度々あった。

だが、この町は次々と山を開発して団地をつくり、大阪のベッドタウンとして成長していった。地元民と新住民の得体の知れない葛藤がうずまいていた。

東京出身の友人は、この町をもっと文化的にしたいと、いろいろな企画をやろうとしたが、役所で殆ど門を閉ざされて、住みにくい、保守的だと嘆いていた。〝郷に入れば郷に従え〟仕方ないわねぇーと、のん気な私。

二上、葛城の山々が毎日見られるのが気に入って、今の家に住んで二十数年。ご近所付き合いも、それぞれお互いつかず離れず、いいところは真似し、教え合い、相手の気持ちを思いやることでいい関係ができている。

人口七千人位だった町が今では二万七千人をこえている。「きれいな水と緑の町」のスローガンをかかげて、クリーン・キャンペーン、大和川や葛下川もきれいになってきている。町や公園のゴミ拾いに私も出来るだけ参加する。

「もっと住みたい町に」と、住民のボランティアで、〝歩こう会〟〝いこいの部屋〟〝子育てサークル支援〟などもある。町の絵画クラブと陶芸クラブに参加している私は、友達も沢山でき、時には〝いこいの部屋〟で百円のコーヒー（クッキー付き）でおしゃべりを楽しむ。また、頼まれれば、子育てサークルに、絵本や人形をさげて、手あそび、親子あそびなどをしに出かけ、かわいい幼児たちに癒され、元気をもらっている。

「和を以て貴しとなす」といわれた聖徳太子ゆかりの地、古いものと新しいものが調和して、「和《やわらぎ》の鐘が鳴る町」となった。私の家族が根を下ろしたこの町、私の子や孫にとっては〝故郷〟である。大好きな町。今もまた、この団地のすぐ隣の山が消え、宅地造成中である。より住み良い町、住んで楽しい町にと、小さな力ながら支えたい。故郷創生資金でつくられた〝和の鐘〟が今日も鳴りひびく。

会報220号　2009・8（68歳）

豊かさの副作用

〝世相を斬る〟というテーマに、よしっ!!　と斬りはじめたところ、次々とめった斬り……収拾がつかなくなった。

世はまさに乱世か末世かと思うような事件の数々……政治も経済も様々な世界情勢の中で混沌としている。だが、その中で私が一番心を痛めるのは、親殺し、子殺し、誰でも良かったと無差別にナイフで切りつける殺人事件、少年犯罪の増加である。「こんな私に誰がした」というような歌があったが、社会が悪い、政治が悪い、教育が悪い、子どもの育て方が間違っていたのだと言われても仕方がない。

心の貧しさ故の犯罪がいかに多いことか。戦後、どん底の貧困生活から、我が子には豊かな生活をさせたいと、がむしゃらに働き、競って高学歴を、情操教育をと、心を置き去りにして突っ走ってきた。その結果、学歴はあっても社会人としてのルールや常識をわきまえず、協調性に欠け、権利主張ばかりする若者、また、気力・行動力・判断力に欠け、生きる力の育っていない若者がふえたというので、文科省は「ゆとり教育」を推進した。しかし、わずか数年で学力が低下したのは「ゆとり教育」が間違いだったと、元にもどす政策。教育というものは、ましてや心の教育はすぐに結果が出ないものだと分かっているのだろうか。現場の教職員も「ゆとり教育」とは如何にすべきか方向が見えてきたばかりで、これからという時に「やーめた」と言われて面食らっていることだろう。真の「ゆとり教育」を続けていけば、学力は自ずと向上すると私は思うのだが――。

それにもう一つ、家庭の教育力が落ちたことも否めない。

モンスターペアレント、ヘリコプターペアレントの出現も豊かな時代に育った副作用ではないかと思う。

豊かさと平和の薄衣をまとった日本、スイッチ一つで家事が出来、自家用車を走らせ、核家族で自由な暮らし。人間関係は希薄になり、便利な生活は当たり前で、汗して働くことよりも頭と指先の操作だけで富を得ることの方が良しとされる。そして日本は食料自給率が35％とか――。

便利で楽で豊かな生活を求めた副作用が、人間の命の根源である食生活をおびやかしている。子育ては「食育」からと、地産地消・スローフードのとりくみがすすめられているのはうれしいことである。

かつて、田畑を耕し、豊作を祈り、収穫を喜び合い、皆で踊った頃があった日本の農村を思い、米一粒に感謝する心を親に教えられたことを有り難く思う私である。

会報２２１号　２００９・12（69歳）

はじめての海外旅行

幼い頃から「出べすけ」といわれた私。いろんな所に行き、いろんな物を見たり、聞いたり、いろんな人たちに出会う旅行が大好きである。

はじめて飛行機にのり、ヨーロッパへ行ったのは38歳の時、幼児教育研修旅行である。ジャンボジェット機が地上を離れる瞬間も興奮し、雲ばかりの窓外を夢見る乙女のような気持ちで眺めていた。ドイツ・スイスの幼稚園を見学して、ペスタロッチの教育理念をしっかり受けついでいることに感動し、働く女性の職業意識や待遇、教育の環境に日本の政治、教育も、もっと変わらなくてはと思ったものだ。ドイツの教育制度は、6~7歳から、小学校にあたる基礎学校へ4年、その後、大学へいくコース9年と、実業コース5年に分かれ、受験地獄はないとのこと。

フランクフルトの町並みは美しく、色彩感覚豊かな家々の窓には鉢植えの花が咲きみだれている。マイン川のほとりもすばらしい。

見学したキンダーガーデンは、3~5歳の子どもたちが、自由に楽しそうに遊んでいたが、3つの空き部屋があった。「これは、今、大きい子たちが学校にいっているから」という。ドイツには「12歳までは、親の監視なしには遊べない」という法律があるとのこと。保育所・幼稚園とともに学校教育として文部省で一本化され、学童保育も兼ねている。我が子を「かぎっ子」にして働いていた私にはうらやましい話であった。

ホテルで同室になった仲間と、片言の英語と、身ぶり手ぶりで買い物をし、道をたずね、「ヤジキタ道中みたいだね」と、笑いながら歩いたパリとロンドンの街の風景が今も目に浮かぶ。レストランで出会ったほほえましい親子や、楽しそうに大合唱するドイツ人の仲間たちも忘れられない。公園のベンチで、コーラをのんでいたにこやかなおばあちゃんも――。

はじめてのヨーロッパに行かせてくれた夫、留守番をして夫の面倒もみてくれた中1、小4だった二人の娘に、今も感謝している。

もう一つの思い出の旅は、長女が結婚する前に、家族4人で行ったオーストラリア。車の免許をとった私は、レンタカーで走りまわった。キュランダ鉄道の駅長さんと話していて「もうすぐ、この娘は結婚する」といったら、ハイビスカスの花を一輪、娘の髪にさしてくれたっけ。

会報222号　2009・4（69歳）

おお上海！　ハプニング！

A型インフルエンザの感染が日毎に増えていく5月18日、マスクをして、閑散とした関西空港から上海へと飛んだ。上海浦東空港に降り立ち、延々と並んで「健康検疫証明書」を提出する。通訳をしてくれる上海国際友人研究会の施《シー》さんと南京を案内してくれるガイドの宗《ソー》さんが迎えにきてくれている。「上海はマスクしなくていいよ。

政府がしっかり見張ってるから」と施さん。町行く人は誰もマスクをしていない。私たち一行14人は、「鄧伝八段錦協会、健康交流活動訪中団」と厳めしい名前ではあるが、実は近くの公園で有志が集まって「八段錦」という中国古来の体操をしている仲間である。

バスに乗り、上海の町に入ると、左右に背くらべをするように高いビルが立ち並んでいる。そして、来年の上海万博に向けての道路やパビリオンの工事が着々となされていた。「あっ‼」と誰かが叫んだのと同時に、リニアモーターカーがすごいスピードで走り去るのが見えた。時速430キロとか——。新苑賓館に到着。このホテルで4泊する予定である。夕食は、上海国際友人研究会（外務省の外郭団体）の歓迎宴に少しばかりドレスアップして出席する。

人間味豊かな風貌の上海国際友人研究会の会長さん、堅実そうな上海老年体育協会の会長さんの挨拶。上海でも日本と同じく高齢者が増えてきて、高齢者の心身の健康、精神文化生活の向上、自己実現の満足など、いかにして豊かな老年期をすごすかが大きな問題になっているとのことである。

ワインも美味しいが、珍味・珍品の料理もあっさりして上品な味付けである。美味しいものを口に入れては、ニコッとして「ハオチー」と、ひたすら食べる私。

翌朝、ホテル近くの芝生で私たちは八段錦をした。通りかかった中国人も2～3人一緒にしている。中国ではこうした風景が珍しくないとのこと。

ハプニングはその直後、私がつまずいて転び、病院へ。左手首、右膝の骨折、即入院して手術といわれ、応急処置をしてもらって午後の便で日本へ帰ることに――。虹橋文化センターでの高齢者との交流、夜景の黄浦江遊覧、南京への旅など楽しみが泡と消えた。だが、上海の病院、救急車、車イスなど体験し、中国の友人たちやホテルの人たちに、とても親切に大切に扱ってもらって私は上気嫌。

中国については、いろいろ不安をいだく人も多いが、お互い地球人間として、世界の平和、人類共存に手を携えていくことが大切だとつくづく思った。

会報223号　2009・8（69歳）

趣味を楽しむ……70代の私

スイス・ハイキング（F10号　アクリル）

孫が高校生になってから、私は自分の時間を楽しむ余裕が増えた。まずは、週1回夜の7時から練習のある「三郷混声合唱団」に入団した。第九を歌っていた仲間がたくさんいて、毎年、第九も歌い、大阪城ホールでの「1万人の第九」にも参加した。定期演奏会も3年に1度、夫や友人たちが楽しみにして聴いてくれた。

2010年、70歳の私は、「女の気持ちペングループ」の代表となり、会報の編集、総会、懇親会の開催など仲間とともに楽しく進めていった。総会での講演は「金子みすゞの詩」を世に送り出した矢崎節夫氏にお願いし、編集当番を終わった翌年の春、編集仲間とともに「金子みすゞ」の故郷仙崎へ一泊旅行をしたこともいい思い出である。その時の仲間とは毎年一泊旅行をし、香川への旅の時は、ペングループの香川会の方たちとも交流して楽しい夕食会であった。

仕事をやめてからぼちぼちと学んでいた水彩画、王寺洋画会の会長に推薦されたのは2016年、作品展や、写生旅行の計画など、仲間の協力を得ながら二年間頑張った。他にする人がいないのならば、私で役にたつのであればと思って引き受けてしまうのである。

もう一つは陶芸、これも仕事を辞めたらしたいと思っていたことの一つ。ぼちぼちと続けている。私のつくった食器や花瓶を娘たちが喜んで、いろいろ注文もしてくれる。何か一つのことに打ち込んだほうが大成するのにという人もいるが、もう、この年になって大成しなくても、自分が集中できて楽しめて、周りの人たちと楽しくかかわりながら生きていけたら最高と思う。

もう一つ、「さくらの会」というのがあった。これは、数人が回り持ちでバス旅行の計画をし、日帰りのバスの旅を楽しむというものであった。1人4000円か5000円でおつりがくるという、昼食付きのバスの旅を計画して友が友を誘い50人はあっという間に集まった。春も秋もしてほしいとの要望が増え、年2回になった。2015年5月、私が計画した天王川公園の藤の花を見に行ったのを最後にやめることにした。このころ、あちこちでバスの事故が報道されたことや、参加者が高齢化してきていることを考えてのことであった。2018年、夫が亡くなったが、私は、できる限り趣味を続けて、夫がどこかで聴いてくれていると思い、第九も思い切り歌った。夫の一周忌には、夫の俳句をまとめて、『地の息吹』を出版した。

旅行好きな私は、写生旅行や窯元めぐりの陶芸の旅行はもとより、夫と二人で国内、海外の旅行にもよく出かけた。夫との最後の旅は、亡くなる年の3月、台湾5日間の旅であった。

２０２０年半ばごろからはコロナ禍で趣味も休み休みではあるが続けている。

敬老会に初参加

敬老会への招待状が届いた。70歳、古稀である。８月には、運転免許切り替えのため、高齢者講習を受けた。反応検査、動体視力検査、実施運転など難なくクリアして、５年のゴールド免許を獲得した。パスポートも更に10年取得して、70歳は、私の新たな出発の年ともいえる。

敬老会なんて、いやぁねと、参加しない友人もいるが、私は、はじめて招待されたのがうれしくて１人で参加した。

町長はじめ、来賓の方々の挨拶の中で、王寺町の最高齢は、１０５歳の女性であること、全国で１００歳以上が４万人いて、そのうち男は５千人で、女が３万５千人であるということも聞いた。お礼の挨拶をされた70歳の男性は、３歳の時に栄養失調で失明され、全寮制の盲学校から鍼灸の道に進まれ、望まれてその学校の教師として定年まで勤めたということを淡々と話された。そして、仕事をやめた後の寂しさの中で、その後の人生をいかに生きるか悩まれ、地域で生きることへのスムーズな橋渡しが、老人会、敬老会であること、敬老会への初参加は自分にとっての第二の成人式であるとも話され、感銘をうけた。

　知人、友人が出演している踊りや大正琴の素人演芸、プロの漫才や歌、手品など最後まで楽しんだ私であるが、こんなにのんびりしていてもいいのか、ふっとあせりを感じもした。

70歳からの出発は、老いと共に歩き、ゴールは〝死〟である。「いかに生きるかは、いかに死ぬかである」という言葉が脳裡をかすめる。

もう、ジャンプは出来ないと思う。だが、五木寛之氏のように「一人の友と一冊の本と一つの思い出があればそれでいい」などとも思いきれない。小川洋子さんは、「衰えを傍らに一歩一歩大地を踏みしめながら進みはじめた時こそが、真の人生の収穫期となる」という。願わくは、収穫期の稲穂の輝きが、死のその日までほしいと思う。

先日、老人向けの公団住宅に移り住まれた70歳半ばのご夫婦を訪問した。必要最小限の道具、持ち物の中で、仲良くコーヒーをのみ、友人と語り合うご夫婦はまるで翁《おきな》、嫗《おうな》の人形のようで、輝いておられた。あるがままを受け入れ満足するという謙虚な生き方が内面からの輝きとなってにじみ出ているのであろう。

でも、私はダメだなあ、70歳になったら白髪染めはやめようと思っていたのにもう少し延長したいと思っているし、捨てる物を捨てられないでいる。

会報224号　2009・12（70歳）

女の気持ちペングループ　第54回総会

「遷都1300年の奈良にて」

新緑の美しい季節、朝起きて窓を開けると二上山がくっきりと見えました。空気がひんやりとしていて、皆様が朝早くお出かけになるのは寒いのではないかなと心配いたしました。けれど、皆様お元気でお集まりいただきありがとうございました。遠くは、はるばる富山から、岡山、香川から71名の皆様に集まっていただきました。また、毎日新聞社、相原学芸部長様はじめ4名の方々が来賓としておいで下さり、この総会を盛り上げて下さいますことをお礼申し上げます。そして先程、ペングループ総会のお祝いとして援助金を頂戴いたしましたことを重ねてお礼申し上げます。

5月10日の夕刊に「朝ママ」という見出しが載っていました。

これは、93年前富山の米騒動の頃、漁師の妻が前日の残りご飯をたっぷりの湯の中に入れた〝湯づけ〟＝〝朝ママ〟で腹いっぱいにさせて、漁師の夫を海へ送りだしたとのことです。当事の漁師の暮らしを考え、米騒動を風化させないために「朝ママ」の再現をされたとのこと、この記事を書かれたのがここにいらっしゃる相原学芸部長様でした。

私はそれを読んで、女ってすごいな——と思いました。どんなに苦しくても貧しくてもいろいろ工夫して夫を支え、子どもを育ててきました。戦中・戦後、私たちの母の時代もそうでした。

私のやっている八段錦という中国の体操の一つの動作に目を大きく見開いて、周りの景色をしっかり見ながら後ろを見る。そしてまた周りを見ながら前をしっかり見る、というのがあります。私はそれをする時、いつもこれは人生訓だなと思うのです。現実をしっかり見つめ、周りを見ながら過去をふり返る。そして、それを生かしてしっかり前を向いていく。そういう生き方に通じるのではないかというふうに感じます。「たまには後ろをふり返ることも大切だ」と2000年前の中国

2010年の会報（表紙絵は筆者）

の体操の説明に書かれています。

奈良は今、平城遷都1300年、過去をふり返る機会となり、いろいろな行事がありますが、仏教がはじめて伝来したのも奈良の地ということで、先日、平城宮跡で約250人の僧や神職にある人たちが平和を祈るイベントをされました。その時、実行委員会が1万人のアンケートを実施され、1300年後に残したい一文字を選ばれました。その1位が「和」、2位が「愛」、3位が「心」でした。私はこれを三つとも女の気持ちペングループにずっと残したい言葉だと思いました。

最後になりましたが、この会が開催されるにあたりまして、奈良会の皆様の蔭の力、いろんな方のお力添えでこの日を迎えることができました。

午後からは、童謡詩人金子みすゞを世に出された矢崎節夫先生の講演があります。

皆様、今日一日楽しくお過ごし下さい。

代表として挨拶　2010・5・14

総会を終えて

「盛会オメデトウ！」のメールとほとんど同時に宅配便が届いた。故郷の同級生のKちゃんからである。包みを解くと「K謹製、筍佃煮《たけのこつくだに》」とあり、「直箸《じかばし》、ぬれ箸厳禁」との注意書きもある。カツオとサンショウの香が広がる。会報を送っただけだったのに、総会のこと気にかけてくれてたのね。思わず目頭が熱くなった。

今月14日、女の気持ちペングループ第54回総会を奈良で開催した。車椅子での参加、がんと闘いながらの参加、ご主人の介護をこの日だけはと施設にお願いしての参加の方々もいる。

「あの文章を書いた方……」と、会員同士の出会いもうれしい。矢崎節夫先生の講演は、金子みすゞの詩の心を私たちにいっぱいふりかけて優しい心にしてくださった。

まだ興奮さめやらぬ私ではあるが、一夜明ければ現実の生活。娘が熱を出し、2歳半の孫を預かり目が離せない。昨日までは手抜き家事にも我慢してくれていた夫も、ちょっとしたことに不機嫌な様子が垣間見える。だが、今日もまた、はがきやファックスが届き、「ありがとう」「良かったね」「楽しかった」という言葉がこだましている。みんな、ほんとにありがとう!!

文章を書くことで心がつながるペングループ。子どもや孫たちの世代に良い未来が開けることを願って発信し続けていきたい。

孫の可愛いおしゃべりに付き合いながら、夫の好物のぬか漬けに手を入れる私である。

毎日新聞「女の気持ち」2010・5・28（70歳）

しなやかに、自分育てを

これから……孫の世話もそろそろ出番が少なくなってきそうである。そっと幸せを祈り見守るしかない。

老後は、人生の収穫期だともいわれるが、私はどんな種をまいて何をどう育ててきたのか——と思うと、大した収穫は望めないと思う。だが、自分を大目にみてほめてやるとするならば、真面目に堅実に一生懸命に生きてきたこと、平和を祈り、すべて

の人々が幸せであるようにとの視点で考え行動してきたことであろうか。そんな中で、間違ったり、行き違ったり、思いが通じなくて悔し涙を流したりもしてきた。その汗や涙がきっと何かを育ててくれたのにちがいない。それは人間としての成長といえるものだろうか。

それならば、まだまだこれからも肥やしをやり、水をやり自分育てをしていく必要があるようだ。

今、地球はいよいよ最後の日を迎えようとしているかのきざしがみえる。人々の心はすさみ、幼児虐待、子殺し、親殺し、無差別殺人、政治と金、権力争い、特捜検事の証拠品改ざんなど毎日のニュースに日本はいったいどうなるのかと不安になる。

追いうちをかけるように、中国の漁船衝突事件、尖閣諸島は中国の領土だと——。つづいてロシアからも北方領土問題に詰め寄ってくる。北朝鮮もどう出るか、沖縄の基地問題では、アメリカともどう付き合うか、日本には難題が山積みである。今も広島、長崎の地の底には原爆の放射能が残っているという日本、戦争はもうコリゴリの日本である。

ロシアといえば、8月の森林火災、干ばつによる不作で穀物輸出禁止。食糧を輸入に頼る日本は、いろいろな世界の情勢に影響される。世界のあちらこちらで大洪水、地震竜巻など天災地変が発生している。この夏の異常な暑さ、秋は短く、寒さ厳しい冬が来るという。

確かに地球はおかしくなってきている。地球最後という日が近づいているとすれば、私たちはどう生きるべきか。

争っている場合ではない。物にとらわれている場合ではない。目に見えないもの、物の裏にあるものを見る力、心を鍛えていかねばならないと思う。

夫婦二人で時々ちぐはぐなけんかもしながら、労《いたわ》りあって、好きなことを楽しみ、しなやかに自分育てをしたい。少しでも向上する喜びをもって生きていけたら、幸せな人生だと思う。

そして、来るべき日には、静かに笑みを浮かべていたい。

会報227号　2010・12（71歳）

キュウリを煮て

連日の猛暑に、畑は草ぼうぼう。それでもキュウリ、トマト、オクラなどの夏野菜が食卓をにぎわしてくれる。

キュウリもそろそろ終わりかと思っていたある日、雑草の中に隠れて気付かなかったキュウリが、何と野球のバットかと皆で大笑いするほどの大きさで、3本も見つかった。黄色く太いそれを見ていると、「キュウリのたいたん」が食べたくなった。昔、母がよく煮てくれたものだ。

折しも、先日の毎日新聞夕刊で西川ヘレンさんが「ナスのたいたん」を紹介されていた。切り抜いておいた記事を見ながら「ヘレンだし」を作って、皮と種を取ったキュウリを煮る。

おいしい!! キュウリも軟らかくトロリとした舌触り。だしがよく染み込んでいる。さすが「ヘレンだし」。こんぶ、シイタケ、だしじゃこ、カツオを入れたこのだしを、私は「ぜいたくだし」と言いたい。

ぜいたくと言えば、母がたくあんの古漬けを水に漬けて塩出しをして、カツオをたっぷり入れて煮たものを「ぜいたく煮」と言っていたのを思い出す。たくあんの古漬けが手に入るならば、ぜひ「ヘレンだし」で煮てみたいものだ。

友人にも太ったキュウリを届け、「キュウリのたいたん」の味を自慢し合う。ささやかなぜいたく、されど心豊かなぜいたく。日本の、故郷の素朴な味。「キュウリのたいたん」は、平凡な日常のありがたみを味わわせてくれた。

毎日新聞「女の気持ち」2011・9・14（72歳）

孫の運動会

前日の雨がうそのようなカラリと晴れた運動会日和、さすがわが孫は晴れ男！　600人余の児童が整列し、私は孫の姿をさがす。国旗掲揚、君が代が流れる厳粛なひととき……わが子の運動会では開会式など見に来られなかった……仕事を終えた土曜日の午後、昼食も取らずに駆けつけたことなどが頭をよぎり、感無量になった。

その時、さわさわと風になびく旗ずれの音、秋の風がスーッと吹く。見上げると万国旗、と思いきやピンク、黄緑、黄、水色の旗にそれぞれ子どもたちが自分の顔を描いたものである。

大空に自分の顔の旗をかかげて友達とつながっている。素晴らしい。だが、やがては世界とつながってほしいと、私が小学生の頃、自分たちで描いた万国旗を懐かしむ。

6年生の騎馬戦、孫はいずこに？　娘に聞くと「あそこの、ごぼうみたいに細くて黒い足」という。黒い足はなかなか強い。リレーも大声で声援を送る。組み立て体操はさすが6年生、見事に出来上がる型に拍手の波――。

孫は閉会式での司会の役目を立派にやりとげた。難産で、やっと産声をあげた小さな命、よくぞここまで成長してくれた。生命を育む大きな力に、まわりのすべてに感謝の気持ちでいっぱいになった。バババカでごめんなさい。キラキラ光るリボンなどのいい配色、リズミカルな各学年のダンス……楽しい運動会をありがとう。

この子らに幸あれ！

「みずぐき」２０１１・10・7（72歳）

近ごろの……

「近ごろの若いもんは……」と言われて気を悪くしていたかつての私であるが、このごろふっとその言葉を口にしたくなることがあり、苦笑する。信じられないような乳幼児の虐待や、度を越したいじめ。先日は、インターネットに夢中で、病気の子どもを放置し死亡させたとのニュースがあり、やはり「近ごろの……」と思ってしまった。

満員電車に乗り込んだ時のこと、空いている席に座ろうと思ったところへ、背後からバッグが飛んできて、座席にスポッとおさまった。《お見事！》中年の男性が妻のために、席を確保したのであった。またある時、プラットホームで電車を待っていると、若い男性が大声で怒っている。並んで待っているのに「このオバサンが横入りした」という。そのキレ方もまた、周囲の人たちを不安にさせるものであった。
ところが先日、満員電車に乗り、「どうぞ」と席を譲ってくれたのは5歳の男児。「ありがとう、ほら、僕も一緒に座れるよ」と、少し狭いが一緒に座った。そして幼稚園での遊びや友達のことをうれしそうに話してくれ、私の子どものころの話をすると目を輝かせて聞いてくれた。向かい側のお母さんは、終始ニコニコと見守っておられ、男児が言葉に詰まると、そっと助け舟を出される。すてきな母子に出会えてあたたかい気持ちになり、幸せと成長を祈りつつ手を振って別れた。「近ごろの若者は…」などとは、思うまい、言うまい。

「みずぐき」2012・7・27（72歳）

今を大切に

2011年3月11日、私は、小学校の同級生との出会いを楽しみ、近江八幡駅のホームで大阪行きの快速電車を待っていた。隣に座っていた友人が「めまいがする」と私にもたれかかる。「いや、めまいじゃないよ。地震だよ」と私。家に帰ってテレビを見てびっくり……まるで地獄絵図。「地球最後の日」という若い頃に見た映画そのままの画面。

これが現実とは信じられない思いで「早く逃げて!!」と祈りつつ画面を見ていた。一瞬にして家や家族を失った人たち、また亡くなられた方々の思いを受け止める術もない。

茫然自失とはこのことだと思える。

石巻市に住む知人とは10日目位に電話が通じ無事を確認。横浜、東京の友人たちは、スーパーに行っても何も買えない、米もない、停電になるので、電池が欲しいですとのことで、急いで買いに行ったが、どの店も電池は品切れ。ぼんやりと過ごしていた自分が腹立たしい。少しの義援金と、友人、知人に食糧品を送ることぐらいしか、出来ない私である。

福島の原子力発電所の爆発。人間はどうして同じ過ちを繰り返すのだろうか。チェルノブイリはもとより、原爆の被害を受けた日本は、放射能の恐ろしさを充分知っているのに、小さな地震国に54基もの原子力発電所を作り、国内の30%もの電力を供給していたのである。高度経済成長で便利な生活にどっぷりつかり、安穏としていた私たちにドカンと一発、天と地からのお目玉をくらったのではなかろうか。原子力発電反対の署名を何度かした覚えはあるが、ボタン一つで家事をこなし、電気に頼る生活を当たり前として過ごして来た。

今も毎日のように地震が発生している。今の次の瞬間どうなるかも分からない。2012年12月21日。マヤ文明の5000年の歴史が終わるという日、どのような異変があるのかないのか分からないけれど、今、この科学文明の発達の先にあるものを考えてみると、人間の『傲り』の限界が見える気がする。

太陽光発電が良いと言っても、その太陽ですら、様々な化学物質、放射能などで汚染された雲に覆われてしまうかもしれない。地球最後の日の悲劇を避けるためにも、太陽と水と土を崇めて感謝と祈りを捧げた原始の人たちの生活を想い、心に刻みながら、せめて節電と、自家菜園、手作り、スローライフで、いまを大切に生きたいと思う。

会報230号　2012・4（72歳）

田舎で思ったこと――心の備え――

新緑も濃くなった5月、夫の姉の23回忌で熊野に向かった。途中、国道169号線は、あちこちで山崩れの跡が生々しく残っていた。かつては菓子製造をしていた義姉の家は、日用品から食品まで何でも売っている店となり、プロパンガス、牛乳の配達もしていた。その上、田畑の仕事もあり、姑に気を使いながらよく働くやさしい義姉であった。義兄もやさしくおおらかな人で、店番をしていて、うとうと居眠りしていたら、いつの間にか100円玉がいくつも置いてあったとのこと、店のアイスクリームを誰かが買っていったのだろうと笑いながら話していた。その義兄も25年前に、プロパンを配達にいった先で倒れて急に亡くなった。その甥はサラリーマンで、今は家の前に自販機を置いている。

義姉の家から車で30分程の山道を走ると夫の実家である。もう20年近くも誰も住んでいない。夫は時々、庭や畑の草刈りに出向いているが、私は一年振り。家の中の大掃除をする。100年余りも風雨に耐えてきた家は、少し大きな地震がくればあっけなくつぶれそうだが、5月の連休や夏休みには孫たちが楽しく過ごせる。川遊び、庭での花火やバーベキュー、かまどで炊くご飯、薪でたく五右衛門風呂、蚊帳を吊って、うちわであおぎながら寝る。「田舎は空気がおいしいね」という孫たちに、この田舎の家を少しでも大切にしておこうと思う。

冷蔵庫が故障していた。懐中電灯は電池を入れっぱなしにしていたので使用不能。テレビもアナログで映らない。ラジオを持ってくるのを忘れた。突然、はげしい雷雨。雨はますます激しくなる。何もない孤島にとり残されたような感じ。災害は、このように突然やってくるのだろう。

停電に備え、ロウソクを用意する。水と食品があれば、田舎では生きられる。だが、ラジオと電池、好きな本とノートと鉛筆を非常袋に追加しようと思った。

「備えあれば憂いなし」というけれど、私の備えは、まじない程度しかできていない。水、ガスボンベとコンロ、炭とコンロ、缶詰など少々は用意しているが、いざという時それを役立てられるかどうか分からない。

何が起ころうとも現実を受け止める心の備え。生き抜こうとする強さを持ち、家族はもとより、近隣の人たちとのつながりを豊かにし、心の栄養をたくわえていこう。

そして今生きていることに感謝しつつ、今日一日を喜びで充たしたい。

会報231号　2012・8（72歳）

家と私

生まれて間もなく父を亡くした私を、母や叔父、伯母たちは何とか幸せにしたいと思っていたようである。

祖父が亡くなると、3歳にして私は戸主になっていた。しかし、実際には祖父の後妻の連れ子である義叔父が、祖父の仕事を継ぎ、家はその家族のものとなった。世が世なれば、私は庄屋の跡継ぎ娘であると、折にふれ聞かされたが、結局、母の再婚と同時に、子どものない母の姉夫婦の養女になった。没落はしているが由緒ある家柄で、家屋敷もあるので私の将来には良いと思ってのことであったと聞く。

とても可愛がってもらった思い出もあるが、養父の弟夫婦が自分たちの息子にこの家を継がせたいと思っていたとのことで、何かにつけて諍《いさか》いがあり、中1の夏、母の再婚先へもどった。私は、家などほしいとは思っていなかった。

が、結婚する時、夫は家を建てたいと言った。田舎の夫の両親も賛成してくれて建て売りの一軒家を買った。ローン支払いは大変だったけれど、花壇に四季折々の花を植えた芝生の庭、裏庭は菜園、おいしい卵を産むチャボを飼い、池には鯉、犬も飼って、二人の娘を育てた。近所の子育て世代の友人たちとの交流は今も続いている。

長女が高校生の頃、家の建て替えを考えていたところ、近くの山が住宅地になった。南が開いていて、葛城山と二上山が正面に見える高台が気に入って家を建てた。夫の両親も老後をこの家で共に暮らし、夫の弟妹たちも家族みんなでよく集まった。

春にはうぐいす、寒い日でもめじろやひよどり、せきれいなどの野鳥がやってくる。二階の窓からは大和三山が見渡せるこの家を終の住み処と思っている。

今は二人暮らしになったが、近くに住む娘や孫が時折食事をしたり泊まっていったりする。孫の友達が遊んでいくこともある。家は心地よく住む場所であり、人と人が交流する場所でもあると思う。私たちがいなくなっても、娘や孫が、この家を人との良いつながりを結ぶためにずっと大切に使ってほしい。私の幸せを見守ってくれている亡父母に感謝したい。祖父の家の従姉は、家を継ぐためにいやいやながら婿養子をとり、家に縛られた一生だと聞く。親の思いがかなって由緒ある家を継いだ従弟は、その家には住んでいなくて、家の補修や維持費が大変だと嘆いている。

この世は仮の住み処というけれど、私はもう一つの家、空気がおいしい田舎の夫の実家も空き家であるが義父母の思い出と共に大切にしたいと思っている。

会報233号　2013・4（73歳）

おんぶひも

やっぱり残しておきたかったビロードのえんじ色のおんぶひも。古い物を使い捨てて倉庫はすっきりしたけれど、何だか心はすっきりしない。

子育ての時期、長女は手を引いて、次女はほとんどおんぶだった。次女が昼寝をしている間に済ませようと、台所仕事をしていたとき、「エーン、エーン」と泣き声が聞こえた。「ちょっと待ってね」と言いながら振り返ると、次女がおんぶひもを手に持って、ハイハイしてきたではないか。思わず次女を抱きしめ、おんぶして台所に立った。小さな赤ちゃんなのに、何でもよく分かっているのだと感心したものだ。

孫のお守りのときは、娘たちが用意した新式のおんぶひもを使っていたが、やはり赤ちゃんをピッタリと背中にくっつけて、ひもを金具に通して結ぶだけのシンプルなおんぶひもがよかったと思う。

その昔、母が妹をおんぶするのに、男物のへこ帯を胸の前でクロスして使っていたことを思い出す。母と妹はしっくりと一体になっていたように思う。

先日、珍しくスラリと背の高い若い母親が、赤ちゃんをおんぶしているのを見かけた。赤ちゃんは見晴らしがいいだろうなあと思わず笑みがこぼれた。私の背中に娘をおんぶしていた頃の感覚を思い出した。

そして遠い日、「もう歩けない」とだだをこね、道にしゃがみ込んだ私の少し先で、背中を見せて座ってくれた母。その背に走って飛びついた甘く、懐かしい思い出もよみがえった。

毎日新聞「女の気持ち」２０１２・11・29（73歳）

うろり

この夏も「うろり」の宅配便が届いた。故郷の同級生のＳちゃんからである。今年も元気で「うろり」を煮てくれたのがうれしい。

「うろり」は、ちりめんじゃこより小さい琵琶湖の固有種で、姫ごりともいう。琵琶湖の奇麗な水にしか生息しない。近ごろ、外来種が増え、漁獲量が減っているとのこと。鮮度が命の「うろり」を、早くから魚屋さんに注文しておいて、大きな鍋で煮て、友人たちに送るのが楽しみの一つ、とSちゃんは言う。

Sちゃんとは、小学校の同窓会で60年ぶりに会った。子ども8人、孫18人、ひ孫3人といい、どっしりと落ち着いて、自信に満ちた優しい笑顔であった。弟妹の面倒をよくみていたことを思い出す。

私の小学生の頃は、週に3日は副食のみの給食で、ご飯だけを弁当箱につめて持って行き、他の日は弁当であった。家に食べに帰った日もあり、その時もSちゃんと一緒だった。みんなが貧しい時代だった。けれど、近所の人や先生、友達などの温かい思い出がいっぱいある。

結婚して、奈良県に住んで50年。子どもの頃の夏の定番だった「うろり」を懐かしい思い出とともに味わえる幸せ。食欲もなえるこの暑さだが、温かいご飯にのせた「うろり」のつくだ煮は格別である。

ありがとう、Sちゃん。Sちゃんの健康とともに、いつまでも琵琶湖の水が奇麗でありますようにと祈る。

毎日新聞「女の気持ち」2013・8・17（74歳）

私の春

今年の春は、駆け足でやってきたようだ。畑の水菜も大根も寒くて大きくならないと思っていたら、あっという間に花が咲いた。でもその花芽を湯がいたり一夜漬けにしたりして、おいしく頂いたが……。それにしても悔しいのはフキノトウである。今年は一つも見つけられず、あっという間に草ブキの小さな葉っぱが広がっていた。それにツクシもいつの間にかスギナに変わっていた。

私は春が好きだ。肌心地のいい風。木の芽、花の芽が膨らみ、次々と花が開く。みずみずしい新緑、命が噴き出すように萌《も》え盛る。畑や庭にもカタバミ、ヒメオドリコソウ、ミミナグサ、ナズナ、カラスノエンドウ、ミヤコグサ、ホトケノザ、オオイヌノフグリ、トキワハゼ、オニタビラコ、ハハコグサ、ハルジオン……など、「私もきれいでしょ」「可愛いでしょ」とばかりに精いっぱい小さな花を咲かせている。雑草も名前を覚えると妙に愛着がわく。しばらく見とれては、思い切って「ごめんねミミナグサちゃん」などと名前を呼んで抜いている。

山友達と一緒に出掛けた夫が帰宅すると私は忙しい。山ウド、タラの芽、こしあぶら、ふき、ワラビ、イタドリ、セリ、花ワサビ、こごみなどの収穫物の料理に腕まくり……山菜パーティーである。かつては、野の花や山菜を楽しんだ近くの野山や道がだんだんと開発、舗装され、その上、季節の移ろいも不安定で、この春もまた駆け足で去っていきそうだが、私の小さな春をもう少し楽しみたい。

「みずぐき」2013・5・3（73歳）

描く楽しみ

仕事を辞めたらやりたいと思っていた私の老後の楽しみの一つに水彩画があった。スケッチブックを提げて野山を散歩する姿（帽子をかぶった服装なども）を想像してにんまりしていたものだ。

六十の手習いよろしく、町の絵画教室で勉強を始め、今は王寺洋画会の会員である。先生も代わり三人目、先生によって指導法や見方が変わることもあるが、基本的なことがまだまだ未熟な私にはすべて新鮮で感動することばかり……学ぶ楽しさを味わっている。

野菜や果物の形や色などよく見て描いていると同じように見えるものにもそれぞれ個性があるのが面白く、あなたはピチピチギャル、あなたは熟年？　でも味はよさそうね、などと語りかけてしまう。そしてそれを食べるとき、何とも言えない愛おしさ、ありがたさを感じるのである。

花などもそうである。花びらの一枚一枚その重なり具合や向きかげんで、何か語りかけているように思えたり、今から咲こうとしているのや、咲き誇っているのや、咲き終わったものなどそれぞれにドラマが感じられて面白い。しかし、絵の具では出せない美しい色には降参するしかない。

乗り物の窓から見る風景も絵を描くようになってから本当によく見るようになった。ずっと向こうの山の色、近くの山の色、木の種類や光の当たり具合で色が異なり、緑の色の豊富なこと、建物の形、屋根の色、田畑の様子、川や池、空の色、雲の様子など風景を楽しんでいる。

思うように表現できないとき、ああでもないこうでもないと模索しているのが熱中しているときなのであろう。でもすぐにこう思ってしまう。「ま、いいか――」と。この歳になって立派な絵を描いて世に出るなどということもないのだ。ただ描いているときが楽しく幸せならそれでよい。

先日、奈良大仏殿近くで写生していると、修学旅行の高校生たちが「わぁー上手やねー」「僕、この絵ほしいわ。部屋に飾っときたいわ」と言ってくれた。まだまだ不出来な絵だったけれど、私には最高の励みになった。公園で写生していても「わぁーきれい！」と、子どもたちがほめてくれる。ふふっ！……私はこれで充分満足。

生きていること、適度な向上心があること、世の中のあらゆるものの命を見つめ、対話し、感動できること、「水彩画」という窓を通して新鮮な空気が入ってくることがうれしい。

会報234号　2013・8（73歳）

あれから50年

今年は金婚式を迎える。よくまあここまで一緒に暮らしてきたものだと思い、二人とも健康であることにまず感謝したい。

新婚アパートでの甘い生活、出産、育児、仕事と家庭の両立、夫の両親との同居、介護、親の死、娘二人の結婚、孫の誕生、喜びもいっぱい、悲しみも心配も悩みもいっぱいの年月……何があっても「家族の和」を大切にしたいと思ってきた。

妻というのは、夫の身の回りの世話をきちんとするのが当たり前との義父譲りの考え方を持っている夫だが、男女同権の民主的な考え方に共鳴してもいて、女も社会に出て大いに活躍すべしという。だが、「家事がちゃんとやれるなら」との条件付きであった。私たちの年代の男性の多くは、しみついた体質に理想の考えを上塗りしていると言ってもいい。いいことを言ってくれるが本音は違うようだ。

仕事に一生懸命だった私は、良い妻でも、良い母親でも、良い嫁でもなかったと思うが、どうにかやってこられたのは家族の「我慢」という協力があったからだと思う。

65歳まで真面目に働いてくれた夫は、退職後、昼12時前になると食卓の前に座って待つ。「お茶碗とお箸を出して！」というと、なんと、自分の箸と茶碗だけ出して座っている。ポットの湯がなくなると「湯がない」というので自分で沸かしてくれるように頼む。その湯がなくなったとき「俺の沸かした湯がもうなくなっている」と私を責めるように言う。家事をすることは、たとえ自分のことであっても「してやっている」という意識が見え見えである。

あるとき、午前中外出していた私は、炊飯器のタイマーを12時にしていた。12時頃帰宅すると「まだ炊けん」と、しゃもじを持って炊飯器の前に立っていた。まるで子どもみたい。よその旦那の話なら、面白く、可愛いなどとも思えるのだろうが……最近は歳のせいか、わがままも出てきて私が寒いから窓を閉めると、暑いから開けておけという。テレビのチャンネル争いも負けてはくれない。老後の義父母がよく口げんかをしていたが、１００歳まで生きた義父は、「喧嘩もレクリエーションじゃ」と笑い、義母は「ほんのお返しじゃ」と言っていた。

これを書いて溜飲を下げた私。喧嘩もレクリエーションと楽しみながら、共に語らい共に遊ぶ「友達夫婦」でありたいと思う。そして、ときには悪女の面（？）をつけ、自分ひとりの時間も大切にしたい私である。

会報235号　2013・12（74歳）

おらが春

「目出度さもちう位なりおらが春」という一茶の句がふと頭に浮かんだ。ふむふむとうなずく。平凡な日常生活ができることが何と幸せなことかと思う。

枯木立に熟した柿やミカンを置いておくと、メジロの夫婦がついばみに来る。なんと可愛いこと――春が近づくと鶯が来て椿の花の蜜を吸う。梅の花が咲くと、「ケキョ、ケッキョ……」とさえずり、日ごとに「ホーホケキョ」と美しい音色を響かせてくれる。フキノトウが顔を出し、思わぬところにこぼれ種の花の芽を見つけると、うれしくて心が躍る。春はいいなぁ、命が生まれ出るような感動が私の心も春にしてくれる。ほのかなピンクの桜の花は優しくふんわりとすべてを受け入れ包み込んでくれる。

「願わくは花の下にて春死なん　そのきさらぎの望月の頃」西行のこの歌は、誰しもそうありたいと思うところだが、もう一つのこの歌も私は好きである。

「青葉さえ見れば心のとまるかな　散りにし花のなごりと思へば」桜の花をこよなく愛した西行が、散った花の後に芽吹いてくる青葉に花の命を想っているのだが、木の芽から生まれたばかりの柔らかな薄黄緑の葉が木洩れ日に輝く美しさもまた、春そのものである。

思い返せば、私の人生にも春はあった。

初恋の頃、新妻の頃、母となった子育ての日々……幼児教育に情熱を燃やして働いていた頃、「大谷先生はお日様みたい。キラキラ輝いている」と4歳の女の子に言わしめたかつての私。仕事や人間関係で行きづまった時、この言葉がどれだけ励みになったことか。

定年退職後、夫と二人で旅したスコットランドの5月。レンタカーを借り、B&Bに泊まり、古城めぐりをしたりスカイ島の友人宅を訪れたりした。エジンバラでは王立植物園の広大な敷地の世界の庭園に花・花・花……ヒマラヤンポピーの青色が忘れられない。

「春」というテーマで思い出すのは楽しい素敵な日々ばかりである。あと半年ほどすれば私は〝後期高齢者〟となる。五木寛之氏の『林住期』によれば、いよいよ「遊行期」になるのだろうか。考えてみると、これからのその日々こそが本当の春、「おらが春」なのかもしれない。春霞の中でゆったりと、良く生きたいものである。そして、心の片隅で、ほんの少しでもキラッと光るものを持ち続けていたいと思う。

会報236号　2014・4（74歳）

茶粥と鮒ずし

はじめて茶粥を知ったのは、結婚して熊野の夫の実家に行った時だった。えっ？　お茶でおかゆを炊くの？　何だか気持ち悪いような気さえした。ところが次の年の夏、暑さと職場での気疲れもあって、食欲のなかった私に、姑が炊いてくれた茶粥の冷やしたものと、夏野菜の煮物と、しびの刺身がとてもおいしかったのがいまだに忘れられない。煮物の中のだしじゃこまでもがふっくらと味がしみていた。そのだしは鮎であったと後で知った。毎年、自家製のお茶を送ってくれる姑に教わって、茶袋を作り、私も茶粥づくりに挑戦、このごろやっと夫に褒められる出来栄えになった。茶粥は、奈良、和歌山、三重で1200年以上も前から食されてきたもので、南都大仏建立に各民家が協力して茶粥でしのいだのが始まりだとのことである。この茶粥に、熊野灘のサンマの丸干しもよく合う。

私の故郷滋賀には、鮒ずしがある。これは、食べたくないという夫に食べさせて「おいしい」と言わせたものである。私も子どものころは嫌いなものであった。腐ったご飯の詰まった魚を、おいしそうに食べる母が不思議で気味悪くさえあった。大人になってから、叔母の家で「まあ食べてごらん。おいしいから」と、卵のいっぱい詰まった鮒ずしの薄切りに花鰹としょうゆを少し掛けて熱い湯を注いだ汁椀を出された時から味を知った。鮒ずしも奈良時代から食されていたという。春、琵琶湖のニゴロブナの内臓を取って塩を詰め、桶に並べて塩詰めにし、重石《おもし》を置く。土用の頃、水で洗い塩抜きをする。飯をフナの身の中に詰める。それを桶に飯と交互に詰め、重石をかけて保管、桶に水を張り空気を遮断して乳酸発酵させる。手間と時間のかかる製法である。そのうえ、湖岸のヨシの減少、水質の悪化、ブラックバスなど外来魚による捕食などでニゴロブナがとれなくなり鮒ずしの価格は高騰、めったに食卓には載らない。それよりも私はフナの子まぶし（フナの刺身に塩水でゆでたフナの卵をまぶしたもの）の方が好きである。

夫婦お互いの故郷の味が帰郷の楽しみでもある。

子どもの頃、「また切り干し？」と、いやになるほど切り干し大根と油揚げの煮物が食卓にあった。夫は大豆の煮物だったという。それなのに二人ともこの頃は無性にそれが食べたくなることがある。食品添加物、農薬、遺伝子組み換えなど現代の食生活は問題が山積み、子どもの頃結構いいものを食べていたのかも。お祭りか来客の時だけだった近江牛のすき焼きもなつかしい。

会報237号　2014・8（74歳）

「第九」を歌う

今年も「第九」を歌うことができた。2001年から三郷町の「みんなで第九を合唱団」に参加している。歌うのが好き、オーケストラと共に歌える醍醐味《だいごみ》、体が楽器という手軽さ、仲間がいる楽しさ、歌い終えた時の喝采と達成感がたまらない。

回を重ねるごとに先生方の細やかなご指導で人類愛に満ちた、シラーの詩「歓喜に寄す」の深い意味や、その詩に感銘を受け「第九」を作曲した、ベートーベンの思いが少しずつ私の胸に響いてくる。ともあれ、この古びてきた私という楽器を大切に磨き続けたいものだが……。

今夏、徳島県の「板東俘虜収容所」跡を見学した。ここでは1918年6月1日、第一次世界大戦で捕虜となったドイツ兵たちが日本で初めて「第九」を演奏した。現地の住民とドイツ人たちとの温かい交流があったことを知り、日本人の素晴らしさを誇らしく思った。第二次世界大戦後、「自由と平和の象徴」として、復興を祈り、世界各国で演奏されるようになったという。

また今年は大阪城ホールでの「1万人の第九」にも参加できた。佐渡裕さんの「第九」への思いがこもった情熱的な指揮、「♪フロイデ――」とホールを埋め尽くした1万人による大合唱、ゲスト出演したMay J. さんの「Let It Go ありのままで」の歌声。まだ興奮冷めやらぬ私であるが、世界中の人々が音楽でつながり、平和への思いが今の政治にもつながってほしいと願っている。

「みずぐき」2014・12・19(75歳)

感謝

ちょっとばかりおしゃれをして電車に乗った。「パーティーに行かれるのですか？」と隣席の人が話しかけてきた。奇麗な花柄のリュックにぴちっとした花柄のスパッツ姿の彼女は同年代とみたが、手編みの白い帽子と涼しげなスカーフ、なかなかおしゃれである。薬師寺に行ってきたとのこと、「奈良はいいですねぇ、元気で行けるうちにいろんなところに行きたい」と遠くを見つめるようにいう。相づちを打ったり尋ねたり会話が弾む。そして、平和であること、生きていることに感謝しなくてはとの話になった。彼女は【感謝】と書いて部屋の壁に張っているとのこと。

そういえば、亡き母の晩年の手紙には【感謝】という文字が増えていた。年を重ねると、言いたい愚痴を打ち消して、【感謝】に置き換える徳を身につけていくのであろうかと思っていた。だが今、母はきっと【感謝】の文字を心の壁に張っていたのだろうと思う。確かに何気ない日常に感謝して「ありがとう」と言い合えることで、気持ち良く次の一歩につなげることができる。

電車を降りる時、「きれいな声してはるわ」と彼女は言った。声をほめてもらったのは初めてだ。お世辞？　と思いつつも足取りが軽くなった。彼女は、ちょっとしたほめ言葉と【感謝】を私に教示するための神の化身だったのだろうか。家に「あなたとの出会いに感謝」と書いてある小さな掛け軸があることを思い出した。今日の日に感謝。

「みずぐき」2015・9・18（76歳）

私の決断の宝物

今年も成人式に参加した。私が60歳の定年前、最後に担任した4歳児たちの成人式なのである。ままごと遊びのお父さんになって遊んでいたF君が成人代表で挨拶をした。キョロキョロしている私に数人の子が声をかけてくれた。「看護師になります」「幼稚園の先生になります」「幼稚園で先生と遊んだこと覚えてる」「この振袖、お母さんの成人式の時の……」などと、みんな幼いころの面影が残る幸せいっぱいの笑顔。家庭の事情がいろいろとあって気になっていたI君は、「幼顔がすっかり消えてて見違えたわ」という私に、きりりとした笑顔で「自衛隊で絞られていますから」と。パイロットになるのが夢と聞いて一瞬、特攻隊が頭をよぎり心配したが、ヘリコプターを操縦して災害救助をしたいとのこと。昨年も一昨年も成人式に参加した。その時は年長組の担任だったのでステージに上がってスピーチもした。「大きくなったら先生と結婚すると言ってくれた子がいたけど、どこにいるのかなあ」というと、会場にどっと笑いがわいた。終わってから、あれ言ったの俺？　僕？　と何人かが聞いてきた。「僕、先生に会いたいから成人式に来た」と、反抗的で、悪さをいっぱいしてくれた子が言う。「学校へ行ってからも先生のような先生には出会わなかったなあ」というM君は、友達に意地悪をし、あまりにも利己的な態度をとるので、私と話し合ううち泣き出し、一緒に泣いた思い出がある。いろんな子どもたちが成人してそれぞれの夢に向かって頑張っている様子を知るのはうれしいことである。これが教師冥利というものであろう。特にこの最後の3年間は、私の決断で得た宝物である。

当時主任という立場であった私は、57歳で役職定年を迎えた。辞めるか、続けるならば担任であと3年行くかの決断を迫られた。かけっこも、縄跳びもドッジボールもできる。まだまだ元気で、子どもが好き、自問自答の末決断した。子どもたちは思い切り自分をぶつけてきた。私も一生懸命受け止め本気でぶつかっていった。今思い出してもその頃のけなげな自分を褒めてやりたい。そして、子どもたちから大切なことを学んだ。近頃とくに母と子の思いがすれ違っていること、子どもの思いに寄り添い受け止めてよく話を聞くこと、自分の価値観を押し付けてはいけないことなど、子どもたちは身をもって教えてくれた。

このごろ何を書いても、恥を掻き、また自慢しているようで嫌になるが、自分の生きざまをこれで良かったと思いたい年頃なのだろうか。

会報239号　2015・4（75歳）

誕生日

かんかん照りの猛暑日になった今年の誕生日。友人に誘われて「平和フォーラム」に参加した。広島で被爆した86歳の女性の悲惨な体験談を聞き、原爆投下直後の広島の街の様子を映像で見た。そして、以前何度か訪れた広島平和記念資料館や、丸木夫妻の絵画展などが脳裏によみがえり、胸がいっぱいになった。いろいろな喜怒哀楽はあったものの、この年まで元気に生きてこられたことに感謝する気持ちも重なり、平和のありがたさ、大切さを思った。

この意義ある誕生日の続きは夜の誕生日会。孫の好物をデパ地下で買い求めて帰宅すると、娘二人が赤飯、揚げ物、サラダ、ワイン、日本酒などを用意して、「おめでとう」ときれいな花束をくれた。そして、台所でガタゴトしていると思ったら、ケーキを作るとのこと。みんなが口々に祝福してくれ、「かんぱーい」。なんだか照れるけどうれしい。

娘夫婦と孫全員集合。たわいない話をしながらにぎやかに食べる、飲む。バースデーケーキが出てきた。ろうそくが6本。「ばあちゃん、6歳じゃないよね。ほんとは56歳やろう、へっへへ……」と、つい先日8歳になった孫が言う。「すごいね」とみんなが合わせてくれる。

私の6歳の誕生日は終戦直前。毎日のように防空壕《ぼうくうごう》や、近くの河原に逃げていた。B29におびえ、電灯に黒い布をかけてひっそりと、おなかをすかせて暮らしていた。みんなの優しさに感謝しながら、子や孫の幸せを祈って大きく息を吹いた。

毎日新聞「女の気持ち」2015・8・16（76歳）

ペングループで紡いだもの

ペングループに入会したのは27歳のとき、ペングループ60周年は私にとっては入会50周年である。武村さんが、奈良会を作りませんかと声をかけてくださり、私は二人の子どもを連れて参加させていただいた。武村さんはリーダーとして、やさしく、凛としてお世話をしてくださり、私の母を思わせるような方であった。武村さんの丹精込めたイチゴ畑で嬉々としていたわが娘たちと武村さんの笑顔が目に浮かぶ。その頃同じように子ども連れで参加していたNさんと仲良くなり、奈良のお宅へお邪魔して冷たいそうめんをごちそうになり、子どもたちは当時流行っていた「黒猫のタンゴ」を大声で歌っていた懐かしい思い出がある。また、その後入会されたAさんとも親しくなり、子育ての先輩としていろんなことを学んだ。お二人とも関東の方へ引っ越されてしまい、何年後かにペングループも退会されたが、ずっと手紙のやり取りが続いている。お互いに書きたいときに書き、気を使うこともない。近隣に話が漏れる心配もないので、誰かに聞いてほしい胸のうち、思いのたけを綴る。Nさんは離婚される頃の思いや愛猫の死の切々とした悲しみなどを、Aさんは男尊女卑の環境で育った九州男児のご主人との確執を、私は誰にも言えない職場での悩みなどを書いた。これといった解決策が返ってくるわけではないがお互いにまた頑張ろうと思えた。

定年退職後、Nさんと再会、はとバスで東京見物、隅田川の夕日の美しかったこと！　お台場や六本木も案内してもらった。Aさんは、三浦半島の海の見えるホテルを予約してくれた。当時奈良支局にいて関東に嫁いだMさんも一緒。Mさんの主宰する俳句の話や、ペングループの会員であったエッセイストの小川由里さんが、『定年ちぃぱっぱ』を出版したことや、一人芝居の女優として活躍している神田幸子さんのことなど夜が更けるまで話は尽きなかった。Aさんは『わいふ』という同人誌に投稿していることも知った。

幼児教育の仕事に専念し、会報への投稿も、例会への参加もできなかった20年程の間も、この心の友の存在と会報が他の世界への窓であり私のオアシスでもあった。

また、『平和への祈り』のおかげで、多くの人たちと心を紡ぐことができた。不器用でノーテンキな私はまっすぐな縦糸を張ることしかできないが、個性豊かな人たちがいろいろな色の横糸を紡いでくれる。私の心の縦糸を支えてくれる友人たちもいる。

こうして紡いだものは、深い海の色エメラルドグリーン。ペングループ万歳！

会報241号　60周年記念号　2015・1・1（76歳）

それぞれの20歳──五感──

五感といえば、雪道で転倒して後頭部を打ってから嗅覚が無くなった妹、ストレスで嗅覚が無くなったという優しい友人、登山の好きな明るい先生が校長になられてから突発性難聴になったことなどを思う。

孫がまだ言葉もあやふやな時期に、木々の葉が、さやさやと風に揺れるのを指さして「あ、あっ」と言ったことを昨日のように思い出す。なんと素晴らしいこと、見て聞いて感じたことを私に伝えてくれる。その孫も高校生になった。娘は成績の事ばかり気にしているが、この子はいいものを授かっていると信じている。五感は備わっていても、それを感じる心とそれを伝え合う喜びを感じなくてはもったいない。それを大切に育ててほしいと思う。

20歳になった孫が、成人式前夜、友達5人と我が家で鍋を囲んだ。小学生のころ、学校から帰ると我が家に集まり一緒に遊んだ子どもたちである。どろんこびしょびしょはもとより、ふと見ると、トカゲをいっぱい部屋に這わせて遊んでいた。トカゲに頬ずりしている子もいた。ソファーをトランポリン代わりにピョンピョン、ゲームばかりしている時は「あと10分後には宿題！」と叫ぶ私。おや、一人いないと思ったら掘りごたつの中に隠れてゲームをしていた子も……みんな背の高いハンサムな青年になった。夫が日本酒デビューをさせた。「これ、うまいっすねぇ」と酔うほどに、その一人が自分は何をしたいのか、どう生きたいのか見えなくて何もやる気が出ないとか、いろいろ話し始めた。それは甘えだと、一足先に高卒で社会人になったA君が言う。「なんでもいいからとにかくやれ、俺はいつかトップになる。いまは、0・何ミリという薄い鉄を、全神経を集中して作っている。ちょっとでも気を抜いたら大けがをする」と。運転免許を取った子、アルバイトもしながら学生生活を楽しんでいる子、それぞれの20歳、これからまだまだ自分の思い通りにならないことにぶつかっていくことだろう。だが、物事をよく見つめ、よく聞いて、五感を働かせて体験することで道が開けてくると思う。五感は努力して鍛えれば成長する。

だが今の私は、退化しないようにと、毎日の料理を工夫し、お節料理の講習にも参加して腕を振るい、「俺もお節がうまいと思う齢になったんかなあ」という20歳になった孫の言葉にニンマリ。なかなかうまくならないが、絵を描いたり、陶芸をしたり、歌ったり、楽しみながら頑張れることに感謝している。

会報242号　2016・4（77歳）

ガンジス川の朝日

7月7日、永六輔さんが亡くなられた。この日は、義母の命日であり、孫の誕生日でもある。そして七夕祭り。星に願いをする日でもある。永さんは星になられたのだろうか。『見上げてごらん夜の星を』や『上を向いて歩こう』など私の大好きな歌は、永さんの人柄や思いを表している。

永さんは「二度と飢えた子どもの顔は見たくない」と、反戦の思いや平和を守る大切さを語っていた。子どもの頃に戦争を体験した人たちがだんだんと亡くなっていく。再び戦争をしない固い決意をつないでいきたいものである。

また、6月には元気だった義妹が急性白血病のため、入院してわずか3日で亡くなった。周囲の人たちが病気と闘っていたり、認知症が出てきたり、自分の年齢からして「明日は我が身」と人の命や死について考えざるを得ない。そんなとき、私はガンジス川の朝日を思い出す。

今年2月、念願のインドに行き、早朝のガンジス川で小舟に乗った。川面をきらめかせながら静々と昇って来る大きな朝日。歓声ともため息ともつかない声とともに思わず手を合わせた。陽が昇ると、小舟は死者を焼く川岸へ進む。煙が上がり、小舟が浮かぶ川の水には死者たちの灰が流れていた。

私は、幾多の生き物の命の染み込んだ地球や太陽、星など宇宙の連鎖の中で生きているありがたさを思い、後世の人たちの平和や幸せを祈らずにはいられない。

「みずぐき」２０１６・７・15（76歳）

私のこの一冊『日本の昔話』全五巻

小澤俊夫さんの再話で、北海道から沖縄までの三百一話の日本の昔話が共通語で収録されています。退職後、ボランティアで、地域のコミュニティFM放送で朗読していた頃、次は何を読もうかと考えながら全巻読破して、昔話にすっかりハマってしまいました。

幼いころ母が縫い物をしながら話してくれた『カチカチ山』。たぬきは可哀想だと思いながらもうさぎの知恵に感心して何度も聞いたものです。いろいろな人生経験をしてきた今読み返してみると、その昔、農業を生業として、一生懸命働いているじいさまとその邪魔をするたぬき、たぬき汁が婆汁になるあたりはファンタジーそのものだと思うのです。

「たぬきは古くなると婆様臭くなるもんだよ」といって婆汁を全部食べさせたたぬきが「流しの下の骨を見ろ」と叫んで逃げていくあたり、じいさまの悲しみ悔しさが、自分が過去に受けた非難や中傷と重なって「きっとかたきをとってやる」といううさぎの出現にホッとします。茅山で、唐辛子山で、松山でのうさぎとたぬきのやり取りはとてもリズミカルで、最後の「木の舟、ぽんこらしょ」「土舟、ざっくらしょ」の3回の繰り返しのリズムの中で土舟が崩れてたぬきが沈むのを心待ちにしながらほっとするのです。

『舌切雀』のじいさまは、かわいがっていたスズメがいなくなった悲しみから立ち上がり、馬のションベンを三杯のみ、牛のションベン三杯も飲み、流しの下から潜って、3回の試練に耐えて雀の宿にたどり着きます。幸せな時を過ごして帰りには身の丈に合ったおみやげを選んで、家に着くまで開けないという約束も守って宝物をどっさり……幸せになります。ところが婆様は試練を受け入れず、欲張って大きいつづらをもらい、約束も守らないで、お化けのようなもの、恐ろしいものに取り巻かれて息の根が止まってしまいます。

『おおかみのまつげ』は、狼にもらったまつげで人間をかざしてみると、体は人間でも、首から上は蛇だのムカデだのたぬきだの、いろいろな動物だったという話。

昔話は、命や人間の生き方に何らかのメッセージを送っています。愚か者や怠け者が幸せになる話、子どもや若者が変化しながら成長していく話など、多様な人間を語っています。愚か者が笑われるだけの話でも、何となく温かみがあって仲間として受け入れている空気が感じられ癒やされます。

会報243号　2016・8（77歳）

びんぼう鍋

「今日は、びんぼう鍋にするから」と、夫が作っている菜園に、娘が水菜を採りに来た。「びんぼう鍋」とは何かと問えば、「サバの缶詰と水菜の鍋。子どもの頃、嫌いやったけど……」とおまけの一言を添えての返事。そう言えば若い頃、夫の給料をやりくりしながら栄養を考えて毎日の料理を工夫していた。鯨肉と水菜をすき焼き風にしょうゆと砂糖で味付けして煮ながら食べる鍋もおいしかったが、鯨肉は高価になり買えなくなった。そこでサバの缶詰になったのだが、給料日前の寒い夜はこれがおいしくて温まった。そこへ、白菜や豆腐、キノコ類、春雨なども入れながら、好みで生卵をつけて食べるとまたおいしい。サバの缶詰と水菜は実に相性がいい。

水菜は霜が降りる頃から柔らかくなり甘みも増してくると言いながら、亡き母が雪のかぶった水菜を畑から採ってきた時の白いかっぽう着姿がまぶたに浮かぶ。母はよく油揚げと煮ていた。大豆や切り干し大根と油揚げの煮物なども子どもの頃は好きではなかったが、今では時々、食べたくなる。食の回帰性というが、娘もそんな年になったのかと、自分の年を棚に上げておかしく思う。

ちなみにレシピサイトのクックパッドで「貧乏鍋」を検索したら、なんと271品も出てきた。豚細切れやミンチ、缶詰などを使って野菜と組み合わせた体にも財布にも優しい料理である。忘年会や新年会などで飽食気味の昨今、思い出の貧乏鍋に舌鼓、ありがたいことだと思う。


毎日新聞「女の気持ち」2017・2・6（77歳）

桜の季節に思う

桜が咲いた。青空に広がる満開の桜、その美しさにうっとりする。「来年も桜が見られるかのう」と、毎年言っていた義父は百歳まで生き、葬式は桜の季節、子、孫、ひ孫全員集合の花見さながらであった。あやかりたいものであるが、昨年来、親しい人が5人も亡くなられ、義父の言葉がひしひしと身にしみる。

先日、九州へ旅をした。高校の修学旅行以来の熊本。旅館の方たちが、温かくもてなしてくれたことを懐かしく思いながらバスの車窓を眺めた。あちこちで道路工事中、屋根にまだブルーシートがかかったままの家も多い。地震から1年になるが復興はまだまだ。26年前に噴火した普賢岳の「土石流被災家屋保存公園」を訪れた。埋没された家々を見ながら、高温の溶岩、火山灰が時速100キロで突然押し寄せてきた時のふもとの住民の方たちはどんなに恐ろしかったことかと思う。

東日本大震災から6年が過ぎた。突然の地震と大津波、福島の原発事故、被災者の方たちのことを思う。避難先の学校で「放射能がうつる」などと子どもがいじめを受けたとのこと。絶対にあってはならない。

近ごろの世界状況、地球温暖化など、いつ自分の身にどんな災害が起こるかわからない。今をいかに生きるべきか満開の桜を見ながら思った。自然の恵みに感謝し、身近な人たちと親しく交わり、思いやりの心を大切にしたいと思う。

テレビで見た熊本城の桜は満開。気持ちがぱっと明るくなった。

「みずぐき」2017・4・14（77歳）

保育日記

これは私の宝物だと大切に持っている20冊ほどの保育日記。幼稚園で担任していた子どもたちの様子と私の思いがいっぱい詰まっている。忙しい中での走り書きやメモ程度のものであるが、担任した子どもたちが成人するたびに、アルバムやこの日記を見て成人式に参列し、お祝いの言葉を伝えることができたのは幸せなことであった。だが、もうみんな成人し社会人になって活躍している。

もう読み返すこともあるまい、処分しようと思いつつ捨てられないでいる。失敗や反省や迷いもありながら、子どもたちとそのお母さんたちとの温かい絆を大切に一生懸命に取り組み、過ごした私の人生の一部分でもあるからかもしれない。子どもたちの成長のお手伝いをするという素晴らしい仕事をさせてもらえたことを感謝している。

4～5歳の子どもたちが自由に遊ぶままごと遊びは、その時代の社会や家庭の環境を表していて面白い。「この赤ちゃん、コインロッカーに入れてくるわ」と、人形をカバンに詰めるお母さん。コインロッカーベイビーのニュースで社会面が賑わった頃。

「もう私こんな家出ていきます」と、荷造りをするA子の両親は、夫婦喧嘩が絶えない家庭環境。

ままごと遊びのお母さん役は取り合いで喧嘩になることもあったが、時代と共にお母さんはいなくなりお姉さん役が取り合いになる。お姉さんのほうが優しいからとのこと。そして、犬や猫になりたがる子も増えた。ある日のままごとで、お弁当を作ってピクニックに行った。犬や猫のお弁当まで作ったのに「お父さんも来るなら自分でお弁当作っておいで」と。お父さん役をする子もいなくなってきた。また、男の子たちがブロックで作った鉄砲でバンバンと撃ち合いをする遊びも、以前は悪者と正義の味方というストーリーがあったが、時代とともに「何人殺すかだけ」というゲーム感覚の遊びになってきた。あれから17年も経ったが、今時のままごとはどんな様子なのだろうか。

子どもたちとともに作り上げた劇あそびも懐かしい。言葉の発達が遅く黙々と遊んでいたB男が自分の言葉でセリフを言った時の驚きと喜び、私の心に刻まれている子どもたちのいろいろな表現が目に浮かび、温かい気持ちに包まれる。

乱暴やイジメの芽のようなこともあり、子どもたちなりに親の気付かぬままストレスを抱えていることが時代とともに多くなっている。母親と話し合い、母親が気づくことで、びっくりするほど子どもは変わる。経済や学歴よりも心の豊かさを最優先しなければならない時代が来ている。

会報２４６号　２０１７・８（77歳）

うれしい酒

さて、私の自慢できるものって何だろう。ここ数日ずっと考えている。これだけ生きてきて、断捨離をやり始め、エンディングノートも書いておこうと思っているのに自慢できることが見つからないなんてなんと悲しいことか。なんとか見つけよう。「若く見える。肌が綺麗」と言われることがある。だが鏡を見ると日に日にシワが増えている。これはだめ。「元気ですね」と言われる。「はい、未だに病院の薬は何も飲んでいません」。ちょっと自慢したくもなるが、先日、階段を踏み外して転んだら圧迫骨折。この歳になるといつ何が起こるかわからない。これもだめ。ビタミンやカルシウムなどのサプリを飲み始めた。

若い頃から食生活は大切にしてきた。料理の経験の少なかった私は、結婚するとき栄養士をしていた友人に教えてもらった『栄養と料理』の月刊誌を座右においていた。食材の頭からしっぽまで無駄なく使い、栄養を考えて料理をする日常は今も変わらない。だが時々手抜きし始めた昨今である。子育てのころは、栄養を考えておやつも手作り。羽仁もと子著作集を愛読し、子どもも服もすべて手作りで健康な優しい娘に育ってほしいと願って子育てをしてきた。無添加無農薬にこだわり、夫が家庭菜園で協力してくれているのもありがたい。

長女が小学校1年生の時、再就職し仕事と子育ての両立、子どもが成人するころからは、夫の両親と同居し介護との両立、両親を見送り、退職してからは孫の世話。一生懸命生きてきた私を少しはほめてやりたいが、反省することはあれど自慢にはならない。そして、私に試練を与え、鍛えてくれた人たち、励まし、支えてくれた人たちに感謝もしたい。

今年のお盆、ちょっと自慢したいような嬉しいことがあった。私が管理職をやめて、クラス担任になった時の卒園児10人が我が家のベランダに集まってバーベキューをした。卒園してから20年、26歳になっていた。みんな立派な社会人である。準備から片付けまで皆で手分けして手際よくやってくれた。「先生が全然変わってなくてうれしい」と言ってくれる。優しい。園児のころの面影が走馬灯のようにめぐる中、結婚した、赤ちゃんが生まれた、5歳の子どもがいるなど、スマホを見ながら友達の情報を教えてくれる。ビールがおいしい。『平成9年度卒園生より　大谷文子先生へ　これからも元気でいてください』『感謝の酒』と金文字入りのワインをプレゼントしてくれ、恥ずかしさとうれしさで目が潤んだ。ありがとうの我が人生。

会報241号　2017・12（78歳）

新しい3年日記

私と日記とのつながりは、小学校の頃の夏休みの絵日記から始まった。3年の夏休み、母が入院していた。「夏の友」の学習欄はほとんどしないで、日記の欄だけは毎日欠かさず書いていた。先生に叱られるかとびくしていたが、「大変だったね。お母さんはどう？」との優しい声にほっとしたことが忘れられない。5、6年の担任の先生は日記帳に朱筆で感想を書いてくださり、それを読むのが楽しみであった。

弟が実家を建て替えた時、私の中学2年の日記帳が出てきて送ってくれた。少女時代の澄み切った心と感性がまぶしい。その後は時々自分の気持ちをぶつけて、思うようにならない悩み事を書き、すっとしたり反省したりの気まま日記であった。これはもう捨てたいと思う。

退職してから、あっという間に過ぎる日々を思うと残りの人生がいとおしくなり、10年日記を購入。うれしかったことや楽しかったことを書き、不安や心配事は良い方向へ向かうように祈りを込めて書いた。過ぎた日々の足跡がたどれる。その後、あと3年は生きたいと願って3年日記にした。

昨日のことを書くのは認知症予防になり、また、朝起きる前の30分、枕を胃腸のあたりに置いて腹ばいになると便通に良いとのこと。毎朝目覚めた時に、昨日の一日を思い出して書けば一石二鳥である。来年からは3冊目となる新しい3年日記。喜びと感謝の言葉で埋め尽くすことができますように。

「みずぐき」2017・12・22（78歳）

孫と草ひき

春休み、孫を預かった。1時間あまりずっとゲーム機に夢中になっている。「アルバイトしない？」と、庭の草ひきを手伝ってほしいと持ちかけた。「いくらくれるの？」「時間と、抜いた草の量によるなあ」。孫をせかして一緒に庭に出た。

急に暖かくなり砂利の中から緑の草が伸びてきている。小さな手のひらにいっぱいの草を載せて「これでいくらぐらい？」ときた。「うーん、50円ぐらいやなあ」と答えると、孫は「ええっ、ちびまる子ちゃんのおじいちゃんは草ひきしたら1000円くれるんやで」と口をとがらせる。

不意に孫が「ばあちゃん、口笛吹ける？　僕、口笛吹けるようになった。『少年時代』知ってる？」と口笛を吹き始めた。時々音程がおかしくなるが私も歌う。合間に「あ、これはネジバナ、これはスミレ、抜かないで」と私。

「僕、この前1番に集団登校の集合場所に行ったら、すごくいいことあった。なんやと思う？」と孫。「何かいいもの拾った？」と聞くと「空の上からきれいな、きれいな小鳥の声が聞こえた……。こんな声。ホーホケキョ」。ウグイスの初音さながらたどたどしい鳴き声で口笛を吹いた。孫は新学期から5年生。だんだん少年らしくなる。孫は「こんな姿勢、長いことしてたら体に悪い」と、草ひきをやめてゲームを始めた。「その姿勢の方が体に悪いと思うけど」と言った私だが、夕方に右腕と腰に軽い痛みが……。孫とのぽかぽかとした春のひととき。この平和を大切にしたい。

毎日新聞「女の気持ち」２０１８・４・29（78歳）

時代は変われども

「時代が違う」と、私の意見は一笑に付されることがしばしばある。何不自由なく学校へ行き、美味しいものが食べられる時代になったのは誰のおかげ？　と言いたいのを腹に収める。私もかつて、親にそのようなことを言った事があるように思ったから。たしかに時代の変化は目覚ましい。終戦後の小学生の私は空想科学小説が好きだった。高層ビル、立体交差の道路をビュンビュンと車が走る20年後の日本の風景は現実になった。ロボットが活躍する話。宇宙人の話。また注射１本で人間の魂を思いのままに操縦し悪事を働かせる改造人間、透明人間の怖い話などもよく読んだ。

ロボットの開発も進み、産業用に家庭用にどんどん利用されてきている。介護ロボットに介護されるのはどんなものだろう。機械化、オートメーション化されていく社会を風刺したチャップリンの『モダンタイムス』を思い出す。

そして今やIT時代、カード社会。やがて人間は頭と指先のほかは退化していくという空想物語もあった。

昨年、スウェーデンに旅行したが、ジュース1本買うのもカード、バスも電車もスマホでカード払いであった。早春のスウェーデンは、さすが森と湖の町、緑の木々や色とりどりの花が咲き乱れて川の流れも美しく人々は豊かに暮らしていた。道路を横断しようとしていると必ず車はとまってくれる。歩行者優先が徹底している。メイン道路には、広い歩道と自転車専用道路がある。電車には愛犬などと一緒に乗れる車両、乳母車や自転車の車両もあり、私たちがうっかり座った車両は喋ってはいけない静かに過ごす車両であった。皆がそれぞれの立場を重んじ、ルールを守り、老人と子どもには特に優しいこの国の人々は自然を大切にする。

文明の進化と人間の心の豊かさが釣り合ってこそ、本当に豊かな国といえる。

最近の日本では、行きずりの人を無差別に殺す、親が子を殺す、子が親を殺すなどといった事件が相次いでいる。また、国会議員や市長など要職にある人物が言葉の暴力で人を非難し問題になっている。「殺すぞ」「死ね」等という言葉が幼児の口からも出始めたのは、もう20年以上も前、コンピューターゲームが普及した頃だった。今ではゲーム感覚が日常茶飯事になっているのではないかと思われる。インターネットの情報に人の心が左右されるのは、注射1本で人の心を変える怖い話に似ているようにも思う。

時代は変われども、人間の命の尊さ、思いやりの心、平和を希求する心は大切にしたいものである。

会報248号　2018・4（78歳）

華やかな舞台で（もし、生まれ変わったら）

月の綺麗な夜、私は産まれた。母を励まそうと、父はピアノを弾いていた。母の好きな「月光の曲」……私の産声に父はとんできて、私を見つめた。父母のどちらに似ても私は美人だ。父は、世界で活躍する商社マン、1年の半分ぐらいは休暇があり裕福であった。広い芝生の庭、木陰を作る緑の木々、特に花の好きな祖母の住む離れの庭は、いつも花で溢れていた。花冠や花束、ままごとなど花で遊ぶ私を祖母はやさしい笑顔で見守っている。やがて、妹、弟も生まれ、一人っ子だった父は、従弟や母の兄弟姉妹、友人たちを呼んで、よくパーティーを開いた。私は皆から慕われ、愛されて成長していった。

祖母の話によると、曽祖母の時代には第二次世界大戦という大きな戦争があって、戦火におびえ逃げ回り、食べ物もほとんどなく、顔の映るようなおかゆやサツマイモ、野草などを食べていたという。

第三次世界大戦の危機を脱した今、世界は一つになり、科学や文化はすべての人類の幸せを追求し、どの国のどの人種の人たちもそれぞれの違いと良さを認め合い交流している。車に乗って、目的地を設定すればボタン一つでどこにでも行ける時代、私は幼いころからいろんな国の人たちと触れ合い、その文化や自然に感動したものだが、礼儀作法と相手を思いやる心をしっかりと教えられた。勿論、世界共通語の英語は事あるごとに教えられ学んでいった。

父のピアノ、祖母の童謡、母の子守唄を聞いて育った私は、よく歌いながら踊って遊んでいたものだ。

12歳になったころ、私は、近所の子どもたちを集めて、私の歌に合わせて踊りの振り付けをし、花冠や動物のお面をつけて、私の作った童話を演劇にして遊んだ。そして、近くの寺院の本堂をお借りし、近所の人たちを招いて発表会をした。それを見た小学校の先生が、企画から作、演出まで12歳の少女がやったことに感動してくださり私の将来の花道を示してくださった。父母の応援もあり、私は好きなことを思いっきり勉強することができた。

やがて、私の晴れの舞台、ピンクの濃淡に白いレースのロングドレスを着たバラの花のような私は舞台の真ん中に立ちアリアを歌う。海外へ行ってしまった初恋の人を思い浮かべながら……「ブラボー」……割れるような拍手、見れば父母の横にその彼が優しい笑顔で拍手をしてくれているではないか。鳴りやまない拍手……目覚めるとそれは急に降り出した雨の音であった。

会報249号　2018・8（78歳）

高砂百合

この夏の猛暑は本当にすごかった。9月になってもまだ続いている。クーラー病は？　環境問題は？　と気になりながらも命の危険から身を守ることが優先かと、昼も夜もクーラーのお世話になっている。地球も高熱を出し、病気にかかっているようだ。

カラカラ天気の8月半ば、我が家の庭のあちこちに高砂百合《たかさごゆり》がたくさん咲いた。特に水やりも世話もしていないのに柘植《つげ》や椿《つばき》の緑の間から、また、石や砂利の間から、うつむき加減に咲く白い花が満開になった時は思わず歓声を上げた。鼻を近づけると甘い香りがする。

調べてみると、台湾産で、種子が多く、風に飛ばされ、明るい草原や荒れ地に分布するとある。16~19世紀ごろ、台湾を高砂と呼んでいたことがあったという。花ことばも「純潔、威厳、正直、甘美」と山百合と同じ。山百合に出合うことも少なくなった昨今、暑さに負けず自力で咲いた高砂百合に元気をもらい、お墓に仏壇にとお供えもした。

自然は脅威ではあるが、力強く生きる生命に恵みをもたらしてくれる。先日は、草ぼうぼうの畑の一隅に、植えた覚えがないのに十六ささげができていた。こぼれ種が育ったのであろう。ゴマあえにして、入院中の夫に持って行った。力強い命を頂いたら元気になるだろうと。自然の恵みを頂いて生きる人間もまた、自然の一部であると考えさせられたこの夏、できうるならば高砂百合のように生きたいものだと思う。

「みずぐき」

2018・9・7（79歳）

私の平成

「平成」の年号になったときの私は49歳、バリバリと仕事をしていた。この仕事こそ私の生きがい、幼児教育ほど大切なものは無いと。ちょうど文部省の教育要領が改訂され、子どもの自主的な活動から、子どもを知り子どもに寄り添いつつ指導していくことを模索しながら一生懸命だった。奈良県の幼稚園教育の指導委員もさせていただき、いろんな幼稚園の子どもたちや教員から多くの事を学んで、定年までの10年余り私の仕事の集大成の時期であった。

その間に、二人の娘の結婚、出産とめでたく嬉しいことがあり、その上、夫の両親を我が家に迎え同居するという忙しさであった。義母は、変形性膝関節症が悪化して田舎での老夫婦二人の生活が出来なくなり、一回りも年上の義父と共に長男の家に来たのであった。「痛い、痛いよう」「何もできなくなって、辛いよう」という義母を慰め励ましつつ、毎朝、私たちの弁当と両親の昼食、ポットにお茶、お菓子など用意して仕事に出かけ、帰宅すると、医院や鍼灸院への送迎、夕食の支度という生活が続いた。

そしてその頃、私の母が急に弱り、1か月の入院で亡くなった。78歳であった。私の50歳の誕生祝いと父の50回忌を二人でささやかにした2年後だった。その後、義母は84歳、義父は100歳で、我が家から葬式を出し見送った。仕事、家事、介護と走り続けたこの10年間、何といろいろなことがあったのだろうと今更のように驚く。十分な事が出来ず後悔することも多いが、一生懸命だった。

60歳で退職した私は、子育て広場などのボランティアに精を出した。間もなく、娘が離婚、小学校から帰った孫を預かり、毎日友達を連れてきたので我が家は学童保育さながらであった。その間隙をぬって、子どもの頃からやりたかった演劇や日本舞踊に恥も外聞もなく初心者で飛び込んで何度か舞台にも立った。今でも続いている趣味は、このペングループ、コーラスと水彩画、陶芸をたまにする。大成したものは何もないが、素敵な仲間、友人ができた。

娘の家族、孫たちと、海や山に行ったり、バーベキューをしたり。桜や紅葉の季節ごとに国内旅行。夫との海外旅行。憧れの船旅もした。つい最近は、留学した大学生の孫を訪ねてスウェーデン、森と湖の都を娘の運転するボルボで散策することができた。平和な時代であればこその幸せをかみしめている。そして平成30年の締めくくりは夫の介護生活への突入となる。55年間の夫婦生活の思い出を胸に抱きしめ、明るく晴れ渡る世界を夢見て。

会報250号　2018・12（79歳）

夫の旅立ち

その日の朝食は、どうにも夫の喉を通らないようで、たんが詰まって苦しそうだった。気になって夕食時にも病院に行った。私の持参した春菊の間引き菜の胡麻和えを少し食べただけでせき込む。若い看護師が、吸痰をしてくれるが、「痛い痛い。やめて、やめて」と歯を食いしばる。しばらくして、ベテランの看護師に難なく吸痰してもらう。いつものように夫の口を歯ブラシで洗っていると、じっと私の顔を見つめる。恥ずかしくなるほどに。その夜は私にずっと付き添ってほしそうな様子だったが、面会時間も過ぎ、すやすやと眠った様子を見て帰ることにした。ケアマネージャー、ホームドクター、訪問看護師、ヘルパーさんなど自宅介護をする段取りがすべて整い、

夫が好きだった椿

日当たりのよいリビングにベッドを置き、私は、辰巳芳子さんの「命のスープ」など作ろうと思っていた。夫は家でリハビリもして元気になると信じていた。その夜、朝の4時に「心臓が止まりそうです」という病院からの電話にビックリ、二人の娘とともに病院に駆けつけた。酸素吸入をしている。「お父さん、お父さん」と大声で呼びかける。手を握ってさすり続ける。意識はもう無いと医師は言うが、「お父さん」と呼びかける。夫が私の手をかすかに握り返してくれて、まさにろうそくの火が消えるように旅立った。

家に帰りたいと言っていた夫と2晩

家で一緒に寝た。娘も孫も一緒に。7月から約5カ月の入院生活は夫にとってつらい修行の時間であったことだろうと思う。だが、ほとんど毎日（時には娘が代わってくれた）車で片道40分の病院に通って、夫の口に合う栄養のある食べ物を食べさせようとし、それに応えて一生懸命に生きようと頑張った夫との時間は、元気なころお互いに不平不満を言い合って争ったことを全て浄化してくれた。

血小板が少なくて、毎月1回病院へ血液検査に行っていたが、「骨髄異形成症候群」という病名で、癌であることを知ったのは入院後であった。『感謝あるのみ』で締めくくった一篇の詩と、辞世の句『秋風に包まれてゆく永遠の旅』が献立表の裏に力無い筆跡で記されてあった。今頃は、どんな景色のところを旅しているのだろうか。

夫の友人、知人からお供えとともに届いた数通の手紙には、私の知らないエピソードや思い出が書かれていて、優しく、温かく穏やかな人であったと誰もが言う。いい人生だったんだとホッとしている私である。

会報251号　2019・4（79歳）

畑仕事

5月のさわやかな朝、畑でぷくぷくと膨れたえんどう豆を取る。もぎたての豆ご飯の弁当を持って趣味の陶芸や洋画会に出向く。私が作った豆よと自慢しながら一口ずつお裾分け。「いい香り」「やっぱり取りたては違うね」などと褒めてくれるのがうれしい。

昨年7月に入院するまで畑仕事をしていた夫から、「小芋に肥料をやって水やりを頼む」と言われ、植えたばかりの「しらぬい」というミカンの木の世話も頼まれていた。だが、未曾有の暑さでキュウリ、ナス、トマトもあまり実らず、夏草が生い茂っていた。早朝、蚊も眠っている頃に1時間ほど草ひきをする。太陽が少し顔を出すとすぐに「ブーン」とくる自然の摂理に感心する。大根の種まきの仕方をベッドの夫に教えてもらい、白菜の苗も植えた。私の腕、肩、腰は湿布だらけだ。秋になると、バッタの襲来。「バッタさんごめんね」と言いながら捕まえては踏み殺す。夫が作ってくれたキャベツがとても甘くておいしかったが、毎朝、割りばしで青虫を取っていると言っていたのを思い出す。ほうれん草や春菊の間引き菜の柔らかくておいしいこと。病院の夫もおいしいと食べてくれたが、11月末に帰らぬ人となってしまった。

春が来て、花も咲いたが、雑草もまた伸びてきた。毛虫も大発生。畑にいると、すぐそばに夫がいるような気がする。さわやかな5月の風は「千の風…」？　娘や孫に助けられながら、今日も小さな自然と闘い、自然の恵みに感謝している。


「みずぐき」２０１９・５・17（79歳）

茶粥

今年の夏の暑さは格別だった。その上にコロナである。趣味の会もほとんど休みで、何もする気がしない。

あまり動かずに冷たいものを飲み過ぎたせいだと思うが、私は胃が重く食欲がなくなった。「そうだ」と思い立って、茶粥《ちゃがゆ》を炊いた。少し冷やして昆布や雑魚《じゃこ》の佃煮《つくだに》などと一緒に食べるととてもおいしい。夫は茶粥に秋刀魚《さんま》の丸干しだったなあ。仕事や家事、子どものことでストレスいっぱいだった50代の頃、胃の調子が悪くて食欲がなかった夏、夫の実家である熊野の田舎で、義母が炊いてくれた茶粥と畑の野菜の煮物がおいしかったことを思い出す。「ここにしばらく居たら胃も治るよ」と義母の優しい声も甦る。年老いてから我が家で一緒に暮らすことになった義母や、茶粥好きの夫のために私はよく茶粥を炊いた。どうしたらおいしい茶粥が炊けるか、義母に聞き、失敗もしながら。

私は結婚して初めて茶粥というものを知った。おいしいとは思わなかった。新婚の頃、共同炊事場のアパート住まいであった。お向かいの奥さんが、「大谷さん、ご飯が上まで焦げてますよ！」とドアを叩《たた》いて叫んだ。初めて炊いた茶粥だった。おかゆにしては米の量が多すぎたのかお茶で炊いた柔らかご飯が出来ていた。両親も夫も他界した今、私は初めて自分のために茶粥を炊いた。熊野の田舎に帰りたいと思う。澄んだ山の空気、緑の木々、飛び交う鳥、川のせせらぎ……。いつの間にか熊野は茶粥と共に私の故郷になっている。

「みずぐき」2020・9・18（81歳）

紅葉の別れ道（F20号　アクリル）

幸せの日々

……80代を生きる

80歳の誕生日は、娘の運転で伊吹山のお花畑、養老の滝温泉への旅で迎えた。帰りに八日市にある私の父のお墓参りをした。父が亡くなって80年、お父さんの分も長生きさせてもらっているのかなぁ……お父さん、いつも見守ってくれてありがとうと祈った。今も父がずっと見守ってくれていると思っている。

私を見て「うらやましい」といった人が二人いる。一人は47歳で亡くなられた教え子のお母さん。退職して孫と遊んでいる私を見て言われた。腰が痛いと言っておられたがあの時もう余命を宣告されておられたのかもしれない。もう一人は、「ご主人が亡くなって……」とのこと。今、自分の夫は、認知症がかかってきて大変だとか……なんとまあ……ではあるが本音のようである。

娘や孫に囲まれ、趣味を楽しみ、「飯はまだか」と言われることなく集中して展覧会に出す絵を描くこともできる。だが、夫がしてくれていた畑仕事も庭仕事も私がしなければならず、何かにつけて、夫のありがた味を感じている。今の私の幸せは、夫からのプレゼントだと思い感謝の日々でもある。

「幸と不幸は隣りあわせ」ともいわれる。いつ、何が起こるかわからない。今日1日を大切に、この幸せのおすそ分けを周りの人たちにしていけたらいいなと思っている。

今の健康に感謝して、無理をしないように周りのみんなと仲良く、楽しく生きていきたい。

八十路の窓

あと2カ月ほどで私は80歳になる。よくここまで生きてきたものだ。生まれてすぐ結核で父を亡くして、病弱だった私が20歳まで生きられるかどうかと周りの者は皆案じていたと聞いていた。戦中戦後の質素な生活の中で、本を読むことが大好きで、物語の世界から広がる空想の世界を楽しむ夢見る夢子さんといわれた。物のない生活からは、身の回りにあるものでいろいろ工夫して楽しみ、想像力も育ったのではないかと思う。

青春時代、「人はなぜ生きるのか」「なんのために生きるのか」「生きるとは」などと友人たちとよく議論し合ったものだ。「母に聞いたら、生きることは向上することだと言った」との友人の言葉が忘れられない。なるほどと思った。向上心なくして「生きる」とは言えないと。今の私が娘や孫にこの質問をされたら何と答えるだろうか。キリスト教の影響を受けて育った私は、「愛を行うために生まれ、生きている」との思いが心の奥深くにあるのだが、実生活ではすっかり忘れている。

　近藤勝重氏の毎日新聞コラム「昨今ことば事情」で、『男はつらいよ』の寅さんの言葉を見つけた。「ああ、生まれてきてよかったなって思う時が何遍かあるじゃない。そのために人間、生きてんじゃねえのか」。親しみある渥美清さんの顔が目に浮かぶ。夫が逝って半年余り、私はまた、時々「なんのために生きているのか」を考えるようになった。今、寅さんの言葉に出合って頷いている。

　定年退職をした時、第二の青春だと張り切っていたが、こんな青春時代のような悩みを持つなんて、八十路の窓を前にして、第三の青春なのかもしれないと思える。だが、今の社会の窓から見える景色は、不安がいっぱい。魑魅魍魎《ちみもうりょう》の四次元の世界が混在しているかのような事件や事故……日本、アメリカ、ロシア、中国、韓国などの近隣諸国が、平和に仲良く出来るには？　インターネットの世界の情報支配、人間の心はいずこに？　人情味あふれる寅さんが生き続けられる世の中であってほしい。

「80代になったらガタッと体力が落ちてくるよ」と言いながらも元気に青春を楽しん

でいる先輩がペングループにもたくさんいらっしゃるのは心強い。
八十路の窓の前に立つ私。窓を開けると、そこは緑の山河、青い空、一筋の道が続いている。小さな青い鳥が飛びかう。空想の世界が広がる。しっかりと地に足をつけてゆっくり歩いて行こう。変なおばあさん？

会報252号　2019・8（79歳）

贈り物の思い出

「これ、息子の嫁からのプレゼントなの」と嬉しそうに見せてくれる友がいる私は、「私は良いから旦那さんのお母さんには母の日とかプレゼントしなさいよ」と娘に教えていた。言葉通りずっと私にプレゼントは無かった。何年か前、「お嫁さんのいる人は羨ましいわ。母の日プレゼント貰えるし……」とつい言ってしまった。「え？プレゼント欲しかったん？」と言われ、それ以来、スカーフとか帽子とかバッグとか、二人で相談してプレゼントをくれるようになった。娘が選んで買ってくれたと思うと嬉しくて、ちょっと派手目の帽子も「娘のプレゼントなの」と友達に自慢している私である。誕生日も、おいしいレストランに連れて行ってくれたりもする。品物よりいいでしょうと、昨年は、劇団四季の「リトル・マーメイド」を名古屋まで娘と二人で観に行き、とても感動した。そして、名古屋で有名だというウナギ屋さんで昼食もご馳走になった。帰りには、台風が来て、近鉄電車が運休で、急いで新幹線に乗って帰ったのもいい思い出になった。また、今年の誕生日は、娘二人が交代で運転して、伊吹山のお花畑から養老温泉で1泊の旅行を計画してくれた。お花はまだあまり咲いていなかったが、おいしい山の空気を吸いながらよく歩いた。温泉では、孫と一緒にプールや岩盤浴も楽しみ、夕食時には、ホテルの人が素敵なバリトンでハッピーバースデイを歌ってくれて、シャンパンで乾杯。翌朝、養老の滝は、すごい勢いで流れ落ち、水煙と朝の陽の光が木々の間から差し込み、虹もでるという神秘的な感動的な風景の中に80歳になった私がいた。ホテルでの支払いの時、娘二人がこそこそと計算し、割り勘で出してくれたらしいのを、心の中で少し申し訳なく有難くうれしく思いながら眺めていた。「幸せ」の贈り物をくれた娘たちに心から感謝している。

もう一つ、子どもの頃のクリスマス。私は、サンタクロースを信じていた。教会の日曜学校のクリスマスには、本物のサンタが来た。お菓子とか折り紙とかのプレゼントだったがうれしかった。家でも、寝る前に枕もとに靴下を置いておくとサンタさんがプレゼントをいれてくれると信じていた。「煙突が無いからサンタさん来ないのかな」と母に話した翌年、窓を少し開けて寝た。キャラメルが入っていた。サンタさんが来たと妹と二人で大喜びした。中3の夏、父が亡くなった。その年のクリスマス、私は妹の靴下におまけつきグリコを入れた。「サンタさんに玩具をお願いしてたのに」とごねた妹が忘れられない。

会報253号　2019・12（80歳）

ファッション考

大阪へ向かう電車の中、さまざまなファッションに目を奪われる。ロングあり、ミニあり、ピッチリあり、ダボダボあり、長袖、半袖……。「個性」「自由」「平和」と言った言葉が交錯する。

数年前、「下着が見えてますよ」と注意したくなるようなファッションが流行し、やっと慣れたころ、破れたズボン、ずり落ちそうなズボン、おへそが見える位短いブラウスが流行した。その頃、若い女性の後ろ姿に目を見張った。「もうちょっとズボンを上げて。お尻の割れ目まで見えてますよ」とそっと耳打ちしたくなったが娘に止められた。肩が破れたようなブラウスもよく見かけた。肩が冷えないかと心配。今の若者のファッションには到底ついていけないと思う反面、その自由な創造性と自己表現の勇気を羨ましく思う。

伸縮性のある細身のズボンは動きやすく気に入っている。靴も、一日中履いていても足が痛くならないもの、転びにくいものを履く。上着も脱ぎ着しやすいもの、体形カバーできるものを選ぶようになった。機能的なことは大切だが、何歳になってもおしゃれはしたい。ファッションと年齢は関係ないと言われる。夫を亡くし沈んでいた友人に久しぶりに会った。まるで少女雑誌から抜け出たようなファッションで、にこやかにほほ笑んでいた。昔の初恋の人と出会って「再青春」しているという。私にはそんな人が現れそうにない。せめて、夢のあるファッションを楽しみたいものだ。

「みずぐき」２０１９・12・13（80歳）

明神山に登る

少しひんやりはするが、あまりにもいい天気だったので近くの明神山に登りたくなった。大学生の孫が付き合ってくれる。

山道に入ると、木漏れ日、小鳥の声、澄んだ緑の空気。あぁ、やっぱり山はいいと、大きく深呼吸する。

孫が2、3歳の頃、夫が蔦《つた》のつるで輪を作って電車ごっこをしながら登ったことを思い出す。また、孫たちが幼稚園児や小学生の頃もよく一緒に登った。かさかさと落ち葉を踏みながら走って登り、頂上でも鬼ごっこをするほど元気だった。

だが今は、その孫が後になり先になり私を気遣いながら登っていく。あと800メートルの標識がある辺りでハアハアと息が切れだした。汗もかき、上着を脱いで、水を一口。「登り慣れたら大丈夫。ばあちゃん、毎日でも登ったらいいよ」と孫が言う。

この前登ったのは2、3年前。ここが恋人の聖地に指定され、「悠久の鐘」の工事が終わった頃、新聞で明神山を知ったという友人数人を案内したが、その時よりも山道はきれいに整備されていた。家族連れ、若者、つえを突いた老人もあいさつを交わしながら登っている。3、4歳の男の子がキャッキャと笑いながら駆け下りてきた。その後を転びそうになりながらおじいちゃんが追いかけていく。

標高273・6メートル。頂上まで1・8キロ。頂上から若草山、大和三山、あべのハルカスも見渡しながら心地よい風に達成感を味わう。夏に友人が連れて行ってくれるという木曽駒ヶ岳のお花畑が見られるように鍛えたい。

毎日新聞「女の気持ち」2020・2・8（80歳）

私は生きている

命には限りがあるとわかってはいるが、夫が亡くなり、身近な人たちが次々に亡くなられて、私が生きていることが不思議で崇高なことに思えてならない。夫と前後して家族ぐるみ仲良くしていたIさんのご主人と50歳の娘さん、Eさんのご主人、よく酒を酌み交わしていた夫の故郷の同級生Hさんが亡くなられた。そして、喪中はがきで、私の友人二人のご主人が亡くなられたことを知った。また夫と同じ職場で、退職後もよく車で旅行に連れて行ってくれたAさんも1週間の入院で亡くなられたとの奥さんからの涙の知らせに、返す言葉が見つからなかった。

そして、昨年夏から秋にかけて、私の水彩画の師でもあったご近所のMさんを見送った。彼女は、22歳の一人娘を亡くした後、カウンセリングや哲学的な本をよく読み、常に人間の存在やこの世の在り方、地球環境を憂い、4次元の世界に思いをはせ、自然を愛おしみ、絵画に没頭された。日展入選、個展も何度かされ、繊細で生き生きとした、命が宿っているような絵を私は好きだった。なかなかうまく描けないという私に「上手に描こうと思わないこと」「そのものになること」が大切と教えてくださった。ご主人の介護が始まり、絵を描くことはきっぱりとやめられた。子どものいない老夫婦の老老介護、病院や福祉施設に頼らず頑張っておられたが、ついに自分が倒れ、訪問介護を受けて人生の幕を下ろされた。2カ月後に同じようにご主人も亡くなられた。人が自然に枯れるように死ぬ姿を見せてもらった。昔は皆そうであったのだろうと思うが、苦しく、寂しく、忍耐力のいるものだと悟った。Mさん84歳、立派だったと思う。甥が来て後始末をしてくれたが、葬式も読経もなくただ火葬炉の蓋が閉じられた時、私は悲しくてむなしくて泣いた。自分が倒れるまで夫に尽くし、自然を愛し、純粋に生きた彼女の最後の言葉は「もう、あの人と一緒は厭《いや》」。
倉庫にある沢山の絵画をどうするのか甥に聞いてみると、自分の仕事の事務所をもう閉じるので、そこをギャラリーにしようと思っているが今は自分の親の介護も大変とのことであった。Mさんの家の前を通るたびに、ここにはもう誰もいない。だが、「私は生きている」と思う。そして背筋を伸ばす。あと何年か、明日の事は分からないが、生きている今、目をしっかり見開いて、感動できることを見つけよう。感動すると心がほぐれていく。生きていることの醍醐味を味わえる。そして、少しでも人様に喜ばれることが出来たら最高。あとは神様にお任せしよう。

会報254号　2020・4（80歳）

ケ・セラ・セラ

「ケ・セラ・セラ、なるようになる」いろいろ悩んだ末、この言葉に救われることが多い私である。周りの友人や同級生の消息を聞くにつけ、「一寸先は闇」「明日のことは分からない」としみじみ思う。すると、今日、今がとても大切な時間に思える。夫が亡くなってもうすぐ2年、早いものだ。宗教に熱心な私ではないが、何か「大いなる力」が存在することは確信している。そして、夫や先祖の人たちがその力の中で私たち家族を守ってくれていると信じている。最近、毎日「般若心経」を大きな声を出して唱えることにしている。お経の意味はほとんどわからないが、3つの立派なお経を短く1つにまとめたものだとのこと。夫を想いながら唱えていると、夫が喜んでいると思える。そして、声を出すことは自分の健康にもいいと思う。

コロナで、コーラスの練習もできない。これからは、みんなで歌えるようになるまでオンラインでの練習になるとのこと。新しいことに挑戦しようと思っている。先日は東京に就職してマンションで一人暮らしをしている孫と一緒にオンライン夕食会をした。娘がスマホで設定してくれて、いろいろ話をしながら楽しいひと時を過ごした。ただ給料をもらうだけでなくもっとやりがいのある仕事がしたいと思って、勉強して外交官試験を受けたところ合格したという。夢に向かって頑張っている孫を誇らしく思う。

地球温暖化、環境汚染、コロナ、核戦争の危機など未来は不安でいっぱいだが、少しでもいい状態で若い世代に引き継いでいきたいものだ。8月28日の夕刊に「経木」

のことが載っていたが、子どもの頃、近所に「折箱屋」があったことを思い出した。プラスチック容器が出回って来て廃業されたと聞いている。ウイズ・コロナの今、テークアウトが定着し、抗菌作用もある木製容器の受注が増えているとのこと。自然のものは土にかえる。そして肥やしになり新たな生命を生み出す。平凡で当たり前のことだが、少し前の時代を振り返って自然をうまく利用した人間の匠の腕を取り戻したいものだ。政治的には、農業と林業を見直し、大切にしてほしいと願う。

さて、私の未来は、だんだんと残り少なくなってきた。〝今日をどう過ごすか〟は、〝明日も元気に生きられるか〟に通じる。娘や孫に何を残し引き継ぐべきかを考えながら、今日も小さな畑に出る。生ごみ処理機で作った肥料を混ぜて土を耕す。大根の芽が出た。この小さな喜びに明日を夢見る。体は老いても心は若く……。

会報256号　2020・12（81歳）

明日に向かって

空想科学小説を読むのが好きだった少女時代、本の題名は忘れたが、今でもはっきりと覚えていることがある。石垣の続く道を歩いていた少年が石垣の間に一つの光が漏れている箇所を見つけて、その穴を覗いてみる。そこは20年後の世界、高層ビルが立ち並び、立体交差の道路、頭上を車がビュンビュン走っている。人々の生活がとても豊かになるという内容だった。戦後の貧しい時代の私は目を輝かせ、希望に胸を膨らませた。高度経済成長で、日本人はよく働き、それはあっという間に現実になった。

もう一つ、10代の頃に見たアメリカ映画「地球最後の日」、その日が近づくにつれ、大地震や山火事、大洪水などの天変地異が繰り返される。ロケットで他の惑星に脱出するが、ロケットに乗れる人数は限られている。私利私欲で大金持ちになった老人が、何としても乗りたいと思うが、その時、お金は何の価値も無い。恋人が抽選に漏れ、自分だけロケットに乗り込んだ青年がやはり恋人を想いロケットを降りる。井上ひさしの戯曲も思い出す。地上は放射能で汚染され、みんなガスマスクをつけている。地下の酒場でその日のとっておきのメニューの深海魚を食べ、真剣に話し合っていた恋人の二人はガスマスクを置いたまま無言で地上に出ていく。コロナ禍の今、小松左京のSF小説、ウイルス兵器を題材にした『復活の日』が話題になっているが、SF小説は、膨大な科学的資料に基づいて書かれているとのこと、それが現実になっても不思議ではない。この時代、明日に向かっていかに生きるか、大切なのは心、他者を想い、心をつなぐことではないかと秋晴れの空を見て思う。

会報256号「扉」2020・12（81歳）

おしゃれ心

おしゃれ心というものに目覚めたのは、中学1年生の図工の時間だった。先生が、配色の話をされ、友達の服装を例に挙げ、「Kさんの服の色の組み合わせがとてもいい」とほめられた。黄色のブラウスに茶色のジャンパースカートだった。なるほどと思った。母や伯母の古着を再生して作ってもらった服がほとんどだった私は羨ましかったのを覚えている。当時は、既製品の服はほとんどなくて、生地を買って仕立てるのが常であった。母にねだって私は自分で布地屋さんに夏のワンピースの生地を買いに行った。茶色の濃淡に赤と黒が少し入った花柄だった。洋裁が得意な伯母に頼んで、私はデザイン画を描いた。伯母は地味だと言ったけれど、ギャザーフレアーのたっぷり入ったその服が大好きだった。

緑色が好きだった18～20歳の頃、ブラウス、ワンピース、スカート、コート、靴まで緑の濃淡で極めていたこともあった。折しも「ミッチーブーム」、美智子上皇后の婚約時代、上品で、知的で活発な美智子さまにあこがれて、黒のベルベットのヘアーバンドを私もしていた。内面から醸し出される優しい雰囲気に、おしゃれは外面だけでなく内面を磨くことが大切なのだと悟ったのもその頃であった。

結婚、共働き、育児の頃は、おしゃれよりも機能的なものが優先した。それに加えて夫は田舎育ちの昔人間、イヤリングはイヤ、マニキュアは大嫌いと来た。ある時、近所のママ友に勧められて一緒に通販のカツラを買った。パーマを掛けに行く時間もなくストレートヘアをリボンで束ねていた私は、それをかぶるだけでふわふわのパーマヘアになり喜んで帰宅した夫を出迎えた。それがカツラだと知った夫は「気持ち悪い。やめてくれ」というなり私の頭からカツラを掴み取って庭へ投げ捨てたのだった。

それから数年後、夫とともに出掛けた電車の中で私はハッとするようなおしゃれな中年の婦人を見かけた。綺麗な水色地の着物に黒のレースの道行きコートを着た上品な奥様であった。「私もあんなおしゃれがしたい」というと、珍しく夫が頷いた。それは、約20年後に実現、仲人をした時2～3回着て、黒い絹のレースのコートは、今では箪笥の肥やしになっている。

もう一人のあこがれのおしゃれな人は、シンフォニーホールのロビーでにこやかに友達と談笑していた。白髪のボブカット、真っ赤なブレザー姿。今、私は彼女を目指している。おしゃれは私の心の花。

会報251号　2021・4（81歳）

神様からのプレゼント

決心したのは昨年秋、「白髪は神様からプレゼントされる冠」というクリスチャンである友の言葉が、揺れ動く私の心に刺さった。

70歳になったら髪を染めるのはやめようと決めていたのに、この歳までずるずるときてしまった。それよりも20代の頃、絶対に染めたりしないで自然の髪でいようねと友達と話していたこともあったような。だが、おしゃれ心と、少しでも若く見せたい女心で、いじらしい努力を重ねてきた。

昨年11月、夫の3回忌の前日、頭頂部が白くなった私を見た娘たちが「お母さん、河童《かっぱ》みたい。お客がいっぱい来るのに格好悪いよ」と言うので、これが最後と髪を染めた。

寒くなってきたので、毛糸の帽子をかぶる。コロナ禍で、あまり人とも会わないうちに初夏となり、帽子をとる。久しぶりに会った友人たちが一様に私の頭を見る。「きれいよ」「いいよ」と言ってくれる。

そうかなあと鏡を見る。毛先の方はまだ少し薄茶色に染め毛が残っている。ほんの少し黒い地毛もある。折しも朝日が差してきて私の髪は銀色に輝いた。神様からのプレゼント、銀の冠……。よく頑張ったねと褒められているように思う。

人生いろんなことがあったが、辛《つら》かったことも今ではいい思い出になっている。身だしなみをきちんとして、明るい色の服を着て、笑顔のおしゃれをするようにとの先輩の友の言葉を胸に刻む。

これからの白髪人生も楽しみになってきた。

「みずぐき」2021・7・2（81歳）

故郷に錦？

熊野市神川町神上、夫、峯雄の故郷である。令和元年11月、夫の1周忌に発行した遺稿句集『地の息吹』を、熊野市立図書館に寄贈することになり、令和2年8月31日、熊野市役所で倉本教育長、岡田図書館長にお会いして5冊をお渡しした。翌9月1日の『吉野熊野新聞』『南紀新報』に大きな写真入りの記事、もちろん、「在りし日の大谷峯雄さん」の写真も紙面に飾られていた。熊野市の広報にも掲載された。地方のテレビでも放映され私がコメントしている姿も映っていたと聞く。思いもかけない晴れがましいことであった。図書館に行くと、「郷土の作家のコーナー」があり、そこに『地の息吹』が置かれた。佐藤春夫や中上健次などの本が並んでいるところだった。

少し前に『ふるさとの歌が聞こえる詩画集』が届いたが、その本も同じコーナーに置かれていた。作者の畑中弘生さんは夫より1歳年上で、子どものころよく一緒に遊んだという。彼は、熊野市役所に勤務していた農政課長のころ不慮の転落事故で下半身不自由となり車いすの生活になった。失意の中から生きる道を模索し、絵を描き始めた。年齢を重ねるにつれ無性に郷愁を覚え、戦中戦後の少年時代の故郷を描き残したいと思ったという。牛や道具を使っての手作業の農業の様子、川でうなぎやアユをとる様子、今はダムの底になった七色峡での飛び込み遊び、いかだ流しの様子、地域の人びとの祭りや盆踊り、刈り取った後の田んぼでの凧揚げや糸で絡めた綿のボールでの草野球等々、故郷の風景の描写も素晴らしく、夫が生きていたらどんなにか喜んで何度も見返したことだろうと思う。田舎での子どものころの遊びのことはよく聞いていた。澄んだ空気、きれいな星空、山、川、田畑の風景が好きで、いつの間にか私の故郷のように思っていた。

図書館への寄贈を橋渡ししてくれたのは、夫より1歳年上の松山秀夫さん、子どものころ近所に住んでいてよく一緒に遊んだとのこと、やんちゃ坊主でよく大谷のお父さんに叱られたなどと話されていたが、熊野市会議員を4期も務められ、人柄から人望の厚さがうかがえる。『地の息吹』を読んで、故郷への思いと共に彼の人生に感動したといってくださった。貧しい中でも人々がよく働き、助け合い、自然の懐に抱かれて育った夫だからこそ、素晴らしい俳句が作れたのだと思う。最後に峯雄の句を2句。

青き踏む足裏に響く地の息吹
笛吹けば駆け出しさうな葱坊主

会報258号　2021・8（81歳）

サツマ芋のつる

サツマ芋のつるを、実山椒《みざんしょう》を入れてつくだ煮にした。フキのつくだ煮のようで、おいしくできたので友達にも少しずつ届けた。

今年のサツマ芋は小さかったが、つるだけはよく伸びていた。草を引き、水をやり、大切に育てたのだが、植える時期が遅かったのかもしれないと、初心者の私は反省しきり。亡夫が畑をしていたときは、油で炒めてカツオだしで煮たり、ぬか漬けにしたりしてとても喜んでくれた。

しかし、何しろ皮をむくのが大変で、最近は敬遠していた。ところが、つくだ煮にすることを知り、皮をむかなくても、とろ火で時間をかけて煮るので柔らかくなる。夫がいたら、どんなに喜んで酒のあてにしたことだろう。

友達と一緒に背中にポカポカと秋の日を浴び、おしゃべりをしながらサツマ芋のつるを取った。きんぴらにしたとか、ツナ缶やサバ缶と煮たとか、レシピもいろいろ教えてもらった。「でも、やっぱり、皮をむいて煮たのが一番おいしかった」とも。

幼い頃、母の手伝いで、指先を真っ黒にしながらサツマ芋のつるの皮むきをしたことを思い出す。戦中戦後の食糧難の時代、小学校の運動場はサツマ芋畑だった。

小さいサツマ芋も、ご飯の上に載せて炊くとおいしい。家族や友達と、自然の恵みに感謝しながら、今度は小さな菜園にエンドウ豆の種をまいた。来春の収穫を楽しみに。

毎日新聞「女の気持ち」２０２１・11・22（82歳）

私の２０２１年「白髪をなびかせて」

昨年（２０２０年）２月ごろからのコロナ禍が続き、今年もコーラスは休み、オンラインでの練習も試みたがうまくいかず２回だけで終わる。陶芸は交替で少人数での作陶、絵画だけは少し広い部屋を確保して、黙して描くことと寒くても暑くても窓を開け放して続けている。そして今年は初めて公募展（高田洋画会）に出展し、努力賞をいただいた。

ぼちぼちと趣味を楽しみながら畑仕事にいそしみ、できたものを娘たちや友人たちがおいしかったと言ってくれるのがうれしい。ところが少し頑張ると、右肩や腰が痛い。

小学校の同級生のKちゃんは、帯状疱疹の後遺症で手足がしびれ、字が書けないしメールもうまく打てないという。家族ぐるみ仲良くしていたIさんからは、「主人がちょっとも帰ってこないの。どこへ行ったのかしら」と電話がかかってきた。ご主人は私の夫より1年も前（4年以上前）に亡くなられているのに、認知症が進んできた様子。親戚関係でも、認知症や病院通い、リハビリとデイサービス、特養に入居、免許返納等々の近況を聞く。私もいつ何時……と不安になる。

6月ごろ、朝起きると目眩がしたので、耳鼻科に行くが異状なし。内科で、高血圧の薬を処方された。１６０にまでも血圧が上がっていたのだ。ついに来たかと思ったが、薬は飲まずに、食事や体操やサプリメントで、気を付けながら生活することにした。コロナのワクチンを打つのも随分迷ったが9月に接種した。ひとまず安心もできたが、油断は禁物である。

地球温暖化とコロナ、世界の経済、政治、私たちの生活の在り方が一変してきている。ＡＩの進化は、人間の心をも動かし、ＡＩに恋愛感情を持つ人も出てきているという。

ＡＩにはない脳磨きをしなくてはと思う。そのために、山や海などの大自然に触れて感動すること、気の合う仲間や家族と楽しく過ごすこと、感謝と前向きな気持ちを持ち、人を喜ばせ、人の役に立つことを心掛けたい。

心掛けるは良しとして、8月、娘たちと田舎に帰り、着いたら雨が降ってきた。私は、リュックを背負い、両手に荷物、傘をさして家への坂を上って行った。すってんころり……打ち身だけだと思い、次の日、北山川のラフティングをして大いに感動して家族と楽しんだ。ところが腰痛がひどくなってきて、病院に行くと、圧迫骨折とのこと。少しずつ良くなってきているが1か月以上も痛みが続いている。

昨年暮れから毛染めをやめて白髪の私、老いと向き合いつつ、白髪をなびかせて生きていこう。

会報259号　2021・12（82歳）

食はいのちの源

「ワァー」と悲鳴を上げながら娘が我が家の冷蔵庫を片付けている。賞味期限切れのものがたくさんごみ箱に捨てられた。ご飯粒の1粒も残さずにと育てられた私には、もったいない、まだ大丈夫と言いたいところを「老いては子に従え」と心に言い聞かせる。畑の肥料にしていくらか気持ちは楽になる。娘の言うように、近くのスーパーの特売の広告につられて、つい買ってしまう癖も直そうと思う。

若いころから「食」にはこだわってきたと自負している。

食品添加物や農薬はなるべく避けてきた。夫の給料もまだ少なかった子育てのころ、レバーやクジラの肉をいかにおいしく料理するかをいろいろ工夫したことが懐かしい。鶏肉の皮を細く切ってそうめんを入れたスープは子どもたちに好評だった。ゆずの皮を少し刻んで入れると高級料亭の吸い物だと夫がほめてくれたことも。

今はなんと飽食の時代になったことかと思う。スーパーに行けばいろんな食材が並び、食べたいものが食べたいだけ食べられる。中2男子の食い盛りの孫は娘の手づくりの食事だけでは足りずに唐揚げやハンバーグやすしなど出来合いのものをよく食べる。材料や調味料にもこだわる私は、体格もよく元気な孫を見てもちょっと心配である。

だが、このような加工食品が売れ残って大量に捨てられているとのこと（日本での食品ロスの量は年間570万トン—令和元年度推計）、また、それを焼却するために大量の燃料を使い、CO_2も排出、環境問題に。また一方では、子どもの貧困問題があり、7人に1人の子どもが満足に食事すらできていないとのこと。わが町でもボランティアで「子ども食堂」をしているが、今はコロナで活動停止。

日本での食料自給率は37％（農林水産省、令和2年度）で食糧の多くを海外から輸入しているとのこと。休耕田や杉やヒノキの生い茂った森林を通りかかるたびに日本の農業や林業のことを思う。

近頃は、農薬の影響で田んぼにオタマジャクシがいない、カエルもいない。スズメも少なくなった。農業や林業に真剣に取り組んでもしんどいだけで収入にならないという。近い将来食糧危機がやってくるとも言われている。この問題は、ぜひ政治家にお願いしたい。「食は命の源」。矛盾や格差をなくしてほしい。

私は今、畑で小さい虫をつまんで「ごめんね」と殺しながら、蕪や菜花の間引き菜を摘む。胡麻和えにすると最高においしい。小さな命をいただいていることに感謝し、畑仕事のできる健康に感謝している。

会報260号　2022・4（82歳）

春の喜びとともに

「雪？　まさか」。窓の外に、ちらちら舞っているのは『四月の雪』ならぬ山桜の花びらであった。「山桜がきれいに咲いてるから」とお茶に呼んでくださったご近所のMさん。ご夫婦とも亡くなられて2年以上が過ぎたが、山桜は今も見事に咲き誇っている。

Mさんは、自宅で訪問介護を受けながら、自然に終わりを迎えることの尊さと大変さを教えてくれた。今の世界、コロナ禍やロシアのウクライナ侵攻をどんなに憂いておられることだろう。きっと「地球の最後が迫っている」と真剣な目で言われるに違いない。地球温暖化なども熱く語っておられた姿が目に浮かぶ。

今年は、灯油を買いに行くたびに値上がりし、暖房のいらなくなる日を待ち望んだ。梅の花が咲き、フキノトウを見つけると、いよいよ春。ウグイスが鳴く、この季節が私は大好きだ。

3月半ばに馬見丘陵公園の河津桜が満開になった。やがて、チューリップとソメイヨシノの競演。近くの公園の桜も咲く。スケッチ仲間と行った玉水の桜も見事だった。コロナ禍で家に閉じこもっていたせいか、今年は花見の回数が増えたようだ。ワラビ、イタドリ、ヨモギなどの山菜を摘み、春を味わうのも楽しい。畑の菜花もエンドウ豆も、ぐんぐん成長している。

こんな幸せに感謝しながらも、コロナ禍や戦禍に苦しむ人たちのニュースに胸が痛む。「化学兵器や核兵器は作らず、コロナの特効薬を作って」と、この広い青空に祈る私である。

「みずぐき」2022・4・22（82歳）

道の思い出

少女のころ何があったのか、はっきりは覚えていないが、悲しいことがあったことは確かである。多分、養父に訳もなく叱られ暴言を浴びせられたのであろう。私は台風の中、近江八幡神社の境内の道を歩いていた。小雨が風に舞い、大きな木がたわみながら揺れ、木の葉や小枝が飛んでいた。涙をこらえ、私は負けない、この嵐の中でも前に進むのだと自分に言い聞かせていた。そしてこの台風の中にいることが妙に心地よかったのを覚えている。

もう一つは小学生のころ、夏休みになると草津の叔父の家で10日ほどを過ごした。JRの草津駅で降り、琵琶湖のほとりの矢橋まで歩く。子どもの足で何分ぐらいかかったのであろうか。ちなみに今検索してみると、総距離4・2キロ、徒歩1時間4分とある。バスはなかったのだろうか？　だがバス代はなかった。小さい頃は母が送ってくれていたが、小学生になると一人で行った。叔父も叔母も私をとてもかわいがってくれ、毎年夏になると、私が行くのを楽しみに待ってくれている友達ができていた。

私は一人でうろ覚えの道を歩いた。広い道、池のほとり、田んぼのあぜ道などを歩く。のどがかわくと、道端のすいばをとって噛《しが》む。細い道を行くと、どこかの家の裏庭に出た。不安になりながら確かこの方角と歩いて行き、見覚えのある道に出るとホッとしたものである。今もどこかの家の裏庭の風景が、私の頭の中に絵のように残っている。

今のように車もなく、親も叔父たちも忙しかった。でも、私が行くと「よく来た」と喜んで迎えてくれ、すき焼きのごちそうをしてくれた。今思えば、小さな女の子が一人でよく歩いたものだと感心する。車も人もほとんど通らない道であった。のどかな田舎の道、もう一度歩いてみたいものである。すっかり様変わりしているのだろうなあ。

様変わりといえば、私の実家のある彦根に久しぶりに帰った時驚いた。何年も前のことであるが、広い道ができ、昔歩いた街並みがすっかり様変わりして、ここはどこ？　あの店は？　と妹に尋ねないとさっぱり分からなかったことがあった。

子どものころ、よく歩いたおかげか、今も足は達者であるが、使わないと衰え、使いすぎると故障することを実感している。

私の人生の道もいろいろあったがひたすら自分の信じる道を歩いてきた。向こうに明るい光の見える細い道、花が咲いている道をゆっくり歩いて行きたい。

会報261号　2022・5（82歳）

陶芸のひととき

仕事をやめたらやりたいと思っていたことの一つに陶芸があった。ただの土の塊から何かを作り出すというのはとても魅力的だ。機会に恵まれて先に始めたのは絵画であったが、少し慣れた頃、町の陶芸教室に参加して、まず土をこねるところから教わった。菊の花のようにこねていく菊練りがうまくできるようになっただけでうれしい。初めに作った茶わんや鉢は、せっかく呉須《ごす》で絵を描いて世界に一つだけのものを作ったのに、「重い」と娘たちからは不評だった。陶器は重いものだと先輩が慰めてくれたが、なるべく薄くて軽いものを作ろうと心掛けた。

1年間の陶芸教室を終わると陶芸クラブに入る。ここには先生がいなくて、先輩が頼りである。素焼き、釉薬、本焼きと自分でしなければならない。当番などいろいろな役割もしなければならない。失敗を重ねながらも、先輩たちは、聞けばなんでも親切に教えてくれて続けられた。いろいろな窯元、陶芸の地を訪れるバスの旅も楽しい。

孫がまだ小さいころ、犬やウサギや飛行機など孫の喜びそうな絵を描いて小さな茶碗を作った。ご飯を全部食べると、茶碗の真ん中に描いたウサギが出てくるのをとても喜んでいた。そんな孫を見ているのも私の至福の時であったが、彼も今では社会人。「ばあちゃん、大きい目のお茶わん作ってほしい」と注文が来たのは、食い盛りの中3の孫。もうすぐ出来上がる。

娘たち家族の茶碗は、すべて私の手作りである。こんな形の花器作ってとか、ラーメン鉢、どんぶり鉢などと、娘たちからも注文が来る。いろいろ工夫しながら手を動かし集中している時は日常の心配事などすべて忘れている。

花器も食器もだんだんと置き場所に困るようになってきた。そこで、外へ置くものを作り始めた。子どものころ飼っていた犬のマリーを思い出しながら、背中に花を植えられるように犬の植木鉢を作った。そして、マリーの子犬を捨てに行かされた悲しい思い出のトラウマを払拭するようにマリーの子犬も作った。マリーごめんねと心の中で呟きながら。

我が家の玄関には、ウサギの親子、小鳥の親子、フクロウの親子もいる。花の水やりをしながら癒されている。

この春、娘の愛猫が死んだ。頼まれて、お墓のプレートと、愛猫のジェリーを作ったが、「似てない」と言われてちょっと辛い。私は「ちょっとは似てるよ」と言い返したが。

自分用に作ったピンクの急須に新茶を入れて、両手にほっこり収まる湯飲みで一服としよう。

会報262号　2022・12（83歳）

おわりに

今、コーラスで練習を始めたのは、『しあわせよカタツムリにのって』というやなせたかし作詞、信長貴富作曲の合唱曲である。

「しあわせよ　あんまり早くくるな　しあわせよ　あわてるな　カタツムリにのって　あくびしながら　やってこい　(中略)　しあわせが　きらいなわけじゃないよ　しあわせに　あいたいが　いまはまだ　つめたい　風の中にいよう　熱い涙を　こらえていよう……」と歌う。

私の場合も幸せは、カタツムリに乗ってやってきてくれたように思うが、こうして振り返ってみるとカタツムリに乗って雨に打たれているときでさえ幸せだったと思える。いろいろな困難を乗り越え、いつも前向きに生きてきた。自分の思いどおりにはいかないこともあったけれど、できる範囲で自分を貫いてきたと思う。多くの人たちと出会い楽しい人生であった。

不幸だと思っていた幼少期でさえ、今の私の人間としての基礎を作ってくれた大切な時であったと思う。いろいろと辛い思いや悲しい思いもしてきたが、近所のおじさんやおばさん、友達、先生、叔父、伯母、職場の人たちなどたくさんの人たちに可愛がられ、お世話になってきた。そして、いつも心の中で、生まれて間もない私を残して死んでいった父が、星になって私を見守ってくれていると思ってきた。人間関係で涙したことも、今となれば、私の魂を磨くための涙であったのだろうと思える。「ただ感謝あるのみ」との絶筆を残して亡くなった夫に感謝している。私のやりたいことを一生懸命応援してくれた夫、亡き父が私を不憫に思って使わしてくれたのかもしれない。

私の人生にタイトルをつけるのにいろいろ考えたが、夏に生まれた私、いつも太陽を見ている明るい花、『ひまわりのように』としようと思う。少女趣味的だなと夫の笑顔が目に浮かぶ。折しも、ロシアのウクライナ侵攻、戦争が続いている。ソフィア・ローレンの映画『ひまわり』が再び脚光を浴びているが、ウクライナのひまわり畑は戦死した兵士たちが平和を祈って咲かせているのだと思うと、私もここに一輪のひまわりを咲かせたい。

残り少ない人生、これからもひまわりのように明るい笑顔で、周りの人たちも笑顔にできたらいいなと思っている。私の周りのすべてに感謝しつつ……。

毎日新聞「女の気持ち」欄への投稿をきっかけに、ペングループの会報や、「みずぐき」欄に掲載されたものなどを集めてみると、いつの間にか自分史のようなものが出来上がりました。60の手習いよろしく教室や写生旅行など、王寺洋画会の仲間とともに楽しみながら描いた絵画の中から、娘とともに選んだものを載せました。未熟な絵画ではありますが、活字の合間にほっと一息入れていただければ嬉しいです。

大谷文子

2022年12月

著者プロフィール

大谷 文子（おおたに ふみこ）

1939年　滋賀県彦根市で生まれる。
彦根東高等学校卒業。
佛教大学文学部幼児教育学科通信教育部卒業。
1958〜1963年　紡績会社研究室勤務。
1963年　結婚。奈良県王寺町に住む。２児の母となる。
1964〜1966年　王寺町役場勤務。
1968年　毎日新聞「女の気持ちペングループ」に入会。
1973〜2000年　王寺町立幼稚園に勤務。
2010年「女の気持ちペングループ」の代表を務める。
2014年『平和への祈り』女の気持ちペングループ奈良会発行編集長を務める。
2019年　夫（大谷峯雄）遺稿句集『地の息吹』出版。

ひまわりのように

2023年６月15日　初版第１刷発行

著　者　大谷 文子
発行者　瓜谷 綱延
発行所　株式会社文芸社
〒160-0022　東京都新宿区新宿1－10－1
電話　03-5369-3060（代表）
03-5369-2299（販売）

印刷所　株式会社フクイン

ISBN978-4-286-30039-9　　JASRAC 出 2301970－301